关于·三餐四季·

三餐四季,一屋避雨,对于物质,我们本不必过量占有。
小日子,已是好日子。

日子久了,终究要回归一蔬一饭的细水长流。
这些疼惜、体谅与感恩,才能抵得过漫长的时光。

生如长河,唯有自渡,没有人可以真正依靠,
我们终归要学会关照自己、珍惜自己、善待自己。

人走得远了，总会有一些奇妙的相逢——缘深的，相伴余生；缘浅的，只此一面。

关于·山川湖海·

在路上，放下自傲，也放下自欺，
粉碎旧有陈规与偏见，然后得到自由、勇敢与快乐。

允许一切发生,以不变应万变。
再大的麻烦,都会过去,都有解法。

一个人成熟的标志,不是敢于和世界硬碰硬,而是敢于让自己慢下来、软下来、静下来,以柔软的姿态,活出惬意、悦己、自洽的人生——内心越强大,外在越柔软。

关于·微好
·细美

世间事，悦人容易，悦己难。

对自己好一点，宽容一点，把身体当成最好的朋友，对身心的愉悦负责。

相信这世间美好的一切,你都配得上。

关于·读书与爱·

允许花成花、树成树,允许自己做自己,也接纳别人是别人,
内心辽阔的人应当像海洋,纳百川,而不争锋。

希望你也真心喜欢自己,这并不容易,我花了 20 年才做到,但想告诉你,从爱上自己的那一天起,人生才真正开始。

每个人都是多面的个体，
每个人也都有机会成为更好的自己。

生命的圆满,

无非饮尽苦杯,

所以慈悲。

你只是来
体验生命的

李梦霁

著

江苏凤凰文艺出版社

有生之年，尽兴而活

我来这个世界，不是为了繁衍后代。

而是来看花怎么开，水怎么流。

太阳怎么升起，夕阳何时落下。

我活在世上，无非想要明白些道理，遇见些有趣的事。

生命是一场偶然，我在其中寻找因果。

——王小波《爱你就像爱生命》

生命的过程,

无论是阳春白雪,青菜豆腐,

我都得尝尝是什么滋味,

才不枉来走这么一遭。

——三毛《撒哈拉的故事》

致少女,珍惜时光

[英]罗伯特·赫里克　　张书凡/译

趁现在采下玫瑰花蕾
时光飞逝,不由你后悔
花朵今天还绽放着笑容
明天就会枯萎

如同太阳这天上的明灯
可见它一步步攀升
但行程只会越来越短
很快它将西沉

风华正茂只属于最初的年纪
热血沸腾,青春恣意
岁月的摧残不留情面
往后美好只剩回忆

所以别再忸怩和等待
抓紧时间去爱
青春盛年只有一次
错过可能一生孤独徘徊

序言：人间一场，尽兴体验　001

辑一　　　　　　　　　　　　　体验生命，而非演绎完美　013

你赶我下牌桌，我和你掰手腕　014

越害怕，越不能怕　023

从爱上自己那天起，人生才真正开始　034

"以爱之名"太重了　045

辑二　　　　　　　　　　　　　看花开，看水流，看日落　053

旅行如何治好了我的焦虑　054

那条少有人走的路，或许更适合自己　066

允许自己做自己，接纳别人是别人　076

我居然相亲过 100 次　085

contents 目录

辑三

心怀热爱，尽兴生活 **099**

认清生活的真相，依然热爱生活 **100**

我为什么这么爱猫咪 **109**

女性的经济独立意味着什么 **121**

怎样向上管理，改变你的上司 **128**

辑四

很多事情不需要意义 **147**

一辈子那么长，谁没爱错过 **148**

有多少爱可以重来 **159**

什么样的女性适合姐弟恋 **177**

灵魂伴侣当真存在吗 **187**

30岁后，想要的人生清单 **198**

后记：写给未来女儿的信 **200**

序言：人间一场，尽兴体验

01

最近在读毛姆，他说，一个作家能写出什么样的作品，取决于他是怎样的人。

落笔写处女作《一生欠安》时，我19岁，写鲁迅的原配妻子朱安、梅兰芳的情人孟小冬、宋子文的初恋盛七小姐……在一场民国旧梦里，化身悲情女主角，看她们被冷待、被辜负、被背叛，深情错付，无一人得善终。

对爱情、对男人、对婚姻，我满纸质问。

到第3部作品《允许一切发生》上市时，我29岁，经过 10 年江湖浪打——叛逆退学、饿过肚子、失过业、上过法庭、闪婚又离婚、进体制又裸辞、走过一百个城市……我在书里写道:"真正的强大不是对抗,而是允许一切发生。允许一切如其所是,允许一切事与愿违。"

我更独立,也更松弛,于世间,再无执念。

这两本书都卖了几十万册,后者还在加印,算得上"现象级"畅销,但它们的内容和风格截然不同。

我从事过 7 年出版行业,深知一个作家的写作生涯非常有限,不应频频转换赛道,写传记的人改写励志,大概率翻车,但我却有幸逃过这个"铁律"。

除却承蒙广大读者不弃,更因这些文字呈现了彼时最本真的我。

正如毛姆所说,怎样的人,就会写怎样的书。

19 岁的我,是黛玉般的女子,郁郁寡欢,多愁善感,爱上一个求而不得的人,老读者一定记得,我对感情惜墨如金,独独提过一个骑单车穿校服的男孩。

我写苦恋,写痴缠,写挣扎,肝肠寸断,长夜辗转,皆是真事。

10年,足够让一颗心脏盛下更多山河,我见过天地,见过自己,也见过众生。

由着性子做事,不想考研,离家出走开始"北漂";出租屋停电,去五星级酒店挥霍一晚;不喜欢出版商的选题方向,甘于放弃巨额版税;受不了行业头部公司的钩心斗角,就背包走人,一个人去欧洲旅居许久……我写"允许一切发生,过不紧绷的人生",因为这就是我最真实的写照。

没那么勤勉,没那么紧迫,我慢悠悠地,养猫,养花,甚至搬离生活了7年的北京,没什么特别的原因,只是"待腻了"。

往后余生,只想到处走走,写几本书,好好去爱,做一个"地球观光客""人生体验家",把自己活明白。

02

写这本新书，是机缘巧合。

有位编辑前辈和我聊天，谈到渡边淳一的新书，聊起"柔与韧"。

他说："看到这个词，会想到你，外表永远温柔爱笑，像没有棱角，内心却像藤蔓，历遍凄风苦雨，千帆过尽，野火烧不尽，春风吹又生。"

我被这段话击中，于是提笔。

柔、韧，这两个字，都是我，或者说，是我的理想化人格。

"心刚百病起，念柔万邪息。"

不是未经沧桑，而是将往事与命运的残忍、破碎、痛楚悄然溶解，像时间，像海洋，包容一切，消解一切，把心底的坑坑洼洼，都变成人生旅程中柔美静谧的部分，对余生的晴雨接纳并期待。

我更年轻一点的时候,是一个绝不低头的人,为人张扬强势,锋芒毕露,为此得罪了不少人。年过而立,渐渐柔软,在朋友圈子里,成了最是脾气好、性子软、情绪稳定的人。

老子有云:"齿以刚亡,舌以柔存。"舌头因柔软而永存,牙齿因刚强才脱落。

柔软不是怯懦、弱势,而是面对疾风骤雨不疾不徐,面对人声嘈杂坚定自我,面对评判臧否宠辱不惊;柔软也不是回避冲突、逃避困难,而是在平和、平衡、平静中达成所愿,明确自己的目标和方向,尽情享受当下的生活,以一种舒展、不紧绷的姿态,获得海纳百川、持续生长的力量。

一个人成熟的标志,不是敢于和世界硬碰硬,而是敢于让自己慢下来、软下来、静下来,以柔软的姿态,活出惬意、悦己、自洽的人生——内心越强大,外在越柔软。

但我依然有坚毅、忍负、傲岸的一面,我有我的棱角;读者劝我全职写作,我却不愿让写文章沦为"生计所迫",

我有我的坚持——你看到的，都是我渴望表达的，哪怕无人问津，也不哗众取宠、曲意逢迎。

我希望永远做自己相信且热爱的事，坚持写自己相信且喜欢的文字，才不会昙花一现，而拥有长久的生命力。

外界人声鼎沸，又或寸草不生，我只写我的，热爱是一切的答案。

从前，我写文章很慢，是真正的"爬格子"，但这本书里的文字，像从心底里流淌出来，它们就在那里，等待我去觉察、去触摸、去描摹。

如果把人生当成一场考试，那我们就会为做错题而感到遗憾，为排名低过旁人而感到失落，为争名夺利、超越朋辈、光耀门楣而殚精竭虑，给心灵画地为牢。但如果把人生当成一场独一无二的体验，得失输赢就都有意义。

你只是来人间玩一场，没必要在世俗标准里争高下，最终不论落魄显赫，我们都会"赤条条来去无牵挂"。

既然如此，你只要玩得尽兴，就好，老来回望此生，就没有白活一场。

相比《允许一切发生》，在这本书里，我更加坦诚。

"30+"的姐姐，不再小心翼翼，不再如履薄冰，我最喜欢的人生态度，是"生平所行事，无不可对人言尔"。

不必彰隐，不必后退，全然敞开，我不清楚这会为我带来什么，但我想和书页前的每一个你一起，开始这场冒险。

向内探索，向人性更幽微处去，但和你们一起，我不害怕。

03

因为《一生欠安》这本书，我得过一个奖，叫"中国影响力作家之文学贡献奖"，发表获奖感言时我说："我们为什么写作？为了深爱的人。"

从2014年因一篇文章"走红"，迄今为止9年时间，全部自媒体后台的留言、评论、私信，我都会认真回复，也因此看到了复杂的人生。

有人为逃离原生家庭头悬梁、锥刺股地读书；有人日夜奋战"专升本"的考试，想拼一个好前程；有人苦苦追求自己的大学同窗，多年痴心未改；有人伴侣出轨，婚姻进退两难；有人多次试管求子却屡战屡败，身体和心灵都遭受重创；有人的小孩天生残障，夫妇倾尽半生，寻医问药却无果；有人子女犯错进了监狱，不得不白发人送黑发人……

我总以为，这些读者因缘际会，无条件信任我，向我倾诉，是我之幸。

这些难熬的时辰，我都会陪伴着你们，并尽己所能提供帮助。

我全部社交平台的账号都是本名，倾诉、交流、求助都可以找到我，我永远敞开心扉。

渡人就是渡己，向善即是向佛。

生命的圆满，无非饮尽苦杯，所以慈悲。

我会继续坚持下一个 9 年。

如果我的文字曾让你感到温暖，抑或重新拥有前行的力量，我就没有白白坚持。

04

感谢所有关心我的读者，你们看着我长大，山一程，水一程，不离不弃。

感谢父母为我一切的荒唐和叛逆保留退路。

感谢姐妹师洁琼、闫美卉、芮晶莹、奕由陪我深夜痛哭。

感谢我的律师张浩、姜楠坚定地守护正义、护我周全。

感谢张书凡。

自 10 岁起发表文章，到如今，我写了整整 20 年。少年时一起参赛的笔友，成年后一起写文的同行，他们大多停了笔,红红火火地投入生活。

我却依然写着,依然清冷、孤独。

于我,写作不只是兴趣,写作是命。

这大约也是一种"韧"。

为了深爱的人,要一直一直写下去啊!

永志不忘,小姑娘。

李梦霁

——2023 年初夏,于济南

去生活,去犯错,去跌倒,去胜利,去用生命重塑生命。

——乔伊斯

辑一

体验生命，而非演绎完美

你赶我下牌桌,我和你掰手腕

这篇文章我想讲讲,我黯然离开香港中文大学的故事。

老读者都知道,年少的我是一个桀骜不驯的人,非常符合大家对"才女"的刻板印象——恃才傲物、为人凛冽、出言吐语不留情面。

按照武侠小说的桥段,这样的年轻人,行走江湖,总是要吃亏的。

我亦是如此。

01

高考失利后,我曾一度消沉,在大理醉生梦死地挨过一个暑假后,终于来到广州,开启了我的"后青春时代"。

叛逆的人,天生就对"规则"有很多莫名的抗拒。

我读的是师范学校,学校要求女生入校时必须剪短发,于是我发起了校内的小型"夜跑",争取权利,拒绝剪发;军训时,我们班同学发生冲突,我挺身而出,为瘦弱的女同学打抱不平,之后被罚跑圈5公里;入校第一年的"双11",身为年级级长,老师希望我办一些"有益学习"的活动,我却办了一场化装舞会,让全校的少男少女联谊——我觉得,在大学里,好不容易摆脱了高考压力,不应该再把成绩放在首位,而应该多为人生增加阅历。

由此可见,我一向不大乖顺,总是有太多主见,亦不服从权威。

读大学时，寝室尚未安装空调，广州漫长的夏日，近40摄氏度的高温，宿舍只有一台吱吱呀呀的老风扇，而且螺丝还松了。修理师傅过来看后说，厂家五年前就已经倒闭，没有配套的螺丝，这个风扇修不了。

于是，我们睡在毫无制冷措施的房间里，8平方米，4个人，上下铺，每晚睡觉前，床板都热得滚烫，我们戏称为"铁板烧"。

我曾经多次向学校申请安装空调，却一直未果，直到我毕业后，才终于安装好。

大二时，六月底，英语期末考试。

考试前夜，室内温度38摄氏度，我为情所困，辗转难眠，高温难耐，挣扎不已。

彼时宿舍环境差，岭南老鼠大如斗，一团黑影从蚊帐上窜过，简直像一只小猫，仿佛蚊帐都要被它压塌；老鼠完全不惧人，吱吱乱叫，呼朋引伴，我怒发微博，"控诉"住宿条件之恶劣。

当晚我彻夜未眠，第二天来到考场，头脑依然昏沉。

考听力时，我忘带耳机，监考老师让我坐到后排，和一位相熟的同学同桌，共用一个耳机。

开考前检查考位时，我座位空空的，直到听力考试结束，我才重新回到考位。

我归位后，忙于答卷，无暇他顾。

考试进行到一半，巡考老师突然走进考场，发现我的桌面上赫然放着一本英语书，老师走了过来，翻开英语书，夹在书里的、我平时用来背单词的手抄单词卡掉落了一地。

我只管专心作答，对此毫无知觉，并不知道我的命运，在此时此地，即将发生翻天覆地的转变。我人生的这条轨道，因为这几张卡片，彻底转向了。

02

往后十余年，我不断复盘那天，假如我没有因失眠而心情烦躁，没有为自己据理力争，没有对巡考老师说："我刚从加拿大回来，拿到中国区英语口语第一名；大学英语六级接近满分，为什么要在如此简单的期末考试作弊？况且考试考的是听力、阅读、写作，没有填空题、默写题，仅凭几张单词卡，怎么作弊？"

假如我没有一身逆鳞、满目桀骜，结局定会有所不同。

明明是我没有收好英语书，竟还表现得理直气壮，老师大概只想给我一个教训吧，可这个教训，真的是比天还大。

在那天之后，我还是没有拿到学士学位证书，尽管学院老师尽心尽力地帮助我申辩、申诉、申请，终究是无力回天。

学位委员会还把我树为"典型"，以儆效尤。

大三时，我本应带队去西南某985高校进行交换生活动，却接到教务老师的电话："你的交换生资格被取消了，你这样的学生，不配代表我们学校。"后来，我拿到北京师范大学的推免资格，却因受过处分，无缘"梦中情校"；大四时，我收到香港中文大学硕士录取通知书，又因为无学士学位，无法入学；实习时，我被国内首屈一指的电视台录取，南京一所高校也发来任职 offer，均因为我没有学位，无法入职。

我没有参加过毕业典礼，因为不在"被拨穗"的名单上；也没拍过毕业照，不曾经历过毕业季的伤感与祝福。

逃离校园后，我大山大水地四处游历，试图用一种更云淡风轻的方式，抚平内心所有的伤痕和委屈。

时至今日，我依然没有获得本科学位。

03

刚出事时，是我最艰难的时候，我曾经听过一句话："**牛奶打翻了，哭也没用，因为宇宙间的一切力量都在处心积虑**

地要把牛奶打翻。"

发生过的事,我已无能为力,但若就此沉沦的话,就再也没有机会了。

学霸、学生干部、社团骨干……这些外界标签一朝破碎,我把所有通往未来的坐标全部收回,定位在自己身上。

同学们或同情悲悯,或幸灾乐祸的眼神,我通通视而不见,我把自己浸泡在图书馆里,安心读书。

我读完了校图书馆里所有中外小说和名著,花了10个月的时间,写就一篇《鲁迅妻子朱安:一生欠安》,一夕爆红,点击量超过1亿次。出版社迅速与我签约,在大学毕业前,我就出版了自己的处女作。

没课的时候,我一边打工,一边旅行,这是某种救赎,也是某种对赌。

我想看看,曾经被命运赶下牌桌的人,有没有另一种可能,重新赌赢。

读者总是说，在我的文字里，有一种超越年龄的沧桑和绝望感，个中原因，我在这篇文章里第一次讲。

悲剧，不会因为你年轻，就变得慈悲一点。

我很早就明白，天下之大，我无枝可依，既不能指望老师手下留情，也不能奢求校方既往不咎，只能凭借一点不服输、不认命的坚韧，逢山开路，遇水搭桥。

读研无望，我闯入职场，很快就挣到了人生的第一个100万。于是，我重新念了学士的课程，学了更喜欢的专业，连年考试都是全班第一；本科毕业三年后，以第一名的成绩考研成功，虽然分数够得上清北，但因没有学位证，不敢报读，后来选择入读了中科院；硕士毕业两年后，我又考上了博士……

如今，我仍旧执拗，命运不让我拿到学位，我却"偏向虎山行"，誓要拿到最高级别的学位。

年轻，就是永远相信未来有机会，成为理想中的自己。

回望过去,我始终心怀感激——由于年少受挫,我养成了更谦卑的心性,敬畏规则,撕去锋芒,变成更柔软、更可爱的人;我可以真正沉住气,坐得下冷板凳,用心贴近每一个历史人物,对她们的苦楚、无望、忍负感同身受,写出畅销并长销的人物传记。

尤为重要的是,哪怕遭遇重创,在每一个自我怀疑乃至意义消解的时刻,都要保持碾不碎、压不垮、磨不灭的希望,挺起自己的傲骨,和命运掰一掰手腕。

我想,我大概是赌赢了。

风物长宜放眼量,如果时间维度被无限拉长,我们最终都会发现,条条大路通罗马,抵达人生高处的路径有很多条。一时半刻的失意困不住你,旁人的误解、轻蔑也拦不住你,只要你足够坚定,朝着理想的方向往前闯,佛挡杀佛,魔挡杀魔。

这样的人生,即便最终失败了,也会很迷人。

越害怕，越不能怕

01

2023年初春，某个忙碌的工作日下午，我突然接到了一个电话：

"你好，我是北京市朝阳区人民法院，张某、苗某起诉你非法侵占他人房产，请你来做一下庭前笔录。"

我心下顿时一惊："我已经离开了北京，目前租房，怎么可能侵占他人房产？"

"每个公民都有起诉的权利和自由,具体事宜等笔录时,会有专门的法官来向您解释。"对方答道。

作为一个遵纪守法的普通公民，我没上过法庭，没打过官司，若论对法律的接触，仅在大学里学过《大学生与法》，看过法制频道的《天眼》，读过罗翔老师的《法治的细节》，除此之外，一无所知。

于是，我赶忙联络替我办理离婚手续的张律师，他说："别慌，水来土掩。"

告我？我真是没有想到。

我的前夫是一个怎样的人呢？

以我们两年的交情，在我眼中的他，胆小、爱撒谎、本事不大又慕强，但人还不算坏。

说实话，离婚是因为他的病情——家族遗传阳性精神病史、抑郁症和双相情感障碍、重度阻塞性睡眠呼吸暂停、重度夜间睡眠低氧血症、轻度焦虑和强迫症……这些病症我婚前全部一无所知。在我得知后，陪同他去就医一年，但还是不敢冒遗传病的风险生子，为此选择离婚。

我们认识不久就迅速领证，那时我刚 26 岁，把婚姻当成"人生任务清单"中的一个必选项，尽管我们之间没有坚实的感情基础，但曾经有过短暂的心动，且条件合宜，结婚时，倒也还算满意。

从前听过一句话，我深表认同："**能享受饮食男女的日常，也是一种福报。**"

我前两年写过一本书，名叫《这一生关于你的风景》，书中有篇文章，记录了我们相识的具体过程。

我以为他名校毕业、饱读诗书，婚后才知，"名校"竟是通过花钱买来的入学资格，因他迟迟无法通过考试，以致连"结业证书"都拿不到，学校无法继续保留其入读资格，直接清退；而他家里堆积如山的书，皆是在扉页写个名字，从此就沾满了灰尘。

我总以为，虽然他能耐不大，但还愿为自己"贴金"，也是"一心向好"，眼高手低算不得什么致命的缺点。

然而，坦白说，这些小小的欺瞒和谎言，却都为婚姻埋下了隐患。

02

养育孩子，在我的人生规划里，也在对方家庭的规划里。逢年过节见面，亲友们总是祝我"早生贵子"，但面对前夫的高风险遗传病，我既不敢生，也不便说，只能敷衍一笑，后来干脆不见。

年龄渐长，我越来越担心生育问题，而他的病情日益加重。从原先每天只服半片药，到半年后增至每天两片，情绪控制能力也在减弱，恰逢疫情被"封控"在家，还时不时对我大打出手。

其实，我对他并无太多怨恨，我从前学心理学，深知精神类疾病对人精神上的摧残，他本身亦难熬。

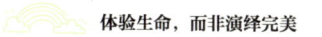

我能理解，但也是真的窒息。

如今，随着心理学的普及，人们对抑郁症有了越来越多的了解，对抑郁症患者也越来越体谅。但似乎没有人能真正理解"抑郁症病人照顾者"的感受——他们原本没有抑郁，却要承受另一个人的情绪压力。

有心理学研究者认为，抑郁具有一定的"传染性"，长期生活在巨大的情绪牢笼里，无论怎样乐观的人，都很难一直保持开心。

在我的婚姻里，曾无数次发生过这样的场景——

餐桌上，我问他："这个好吃吗？"

他不说话——看不出是真没有听见，还是不想回答。

再问，沉默依然。

日复一日的生活里，对面的那个人永远不理睬、不回应、不关心，神情淡漠，不愿开口，言语没有起伏，每天说话不超过三句，有时连"嗯"都懒得回答。

不上班的时候，不起床，不理发，不刮胡子，不出门，坐在沙发上，一遍又一遍地重玩早已通关的《消消乐》……

家，就像一个巨大的冰窟，所有的情绪都被冻结，没有悲喜，更没有爱意流动，只有几乎能把人吞噬的沉默。

解封后，我逃也似的辞职、回老家。第二年春天，终于下定决心提出了离婚。

03

我知道他不擅长赚钱，又有精神疾病，婚后我用尽了所有积蓄替他还房贷，花了近 100 万还清贷款，房本最终加上了我的名。

离婚后，我孑然一身离京，衣物都不曾带走几件。

我对他说，房产我出资一半，咱们把房卖掉，因为房价涨了，还能挣一些钱，我只拿四成，或者你觉得怎样合适，咱们再谈。

我的最低心理预期是"三七开",他多拿一些,毕竟他还要治病,且他已被两家公司辞退了。

然后,我突然就收到法院的传票,他爸妈将我告上法庭,说我"非法侵占"他们的房产,因为他们父子间在八年前,曾经签过一份"借名买房"的协议。

"借名买房",顾名思义,早在他买房前,与我尚未谋面之前,他爸妈就在至交好友的见证下,"借用"他的购房资格,买下了这套房产。总之一句话,房子是他爸妈的,与他无关,更与我无关,他没有任何资格决定加上我的名字,我理应净身出户。

原来,他的心理预期是全部占有,自然无法与我协商"三七还是四六"。

他们的诉讼请求里还有一句话:我必须协助房产过户,过户的费用,还要我来承担。

我原以为，前夫虽然有很多缺点，但好在人心不坏，原来是我误判了。

事非经过不知难，人非日久不见心。

04

离婚后，我回京出差，我妈退了休，来北京看我，路过曾经的家，想取几件衣裳。

没想到，前夫换了锁。我妈给他打电话，约好当晚他下班后，帮我们开门。

等到晚上9点，我们再回去时，他却食言了，自己躲回他爸妈家了。

我倒是一点儿也不意外，毕竟这类"反悔"曾发生过无数次。

我朋友是民警，替我打电话给他，没想到他妈妈抢过来电话，一顿破口大骂，说我一个外地女生，心术不正，来北京只为了骗婚、骗房，现在"骗到了"，就要背包走人。

他妈妈一直为人强势，自从我提出离婚后，已经对我进行过多次侮辱、谩骂。

我害怕吗？

当然害怕。

冬天时在老家看《三体》，有一句话让我印象颇深："他们越是让你害怕什么，你越不能让他们如愿以偿。"

于是，我坚定、果断地提出离婚，让我害怕的，我就是不能怕。

我害怕被扫地出门、身无分文；害怕他精神病发来追杀我；害怕他们三代土著、树大根深；害怕他妈妈无休止的骚扰电话；害怕婚离不掉、要拖很久……恐惧太多太多，但**如果只是因为胆怯，就这么一直拖下去，只会让我离想要的生活越来越远。**

改变未必会更好，但害怕、忍受、拖延，就会被永远困在此时此地，内心永远疼痛不已。

听说日本的母亲在女儿出嫁时，会对女儿说："要一生悬命去幸福喔！"

我在20岁时，也是这种战斗姿态，喜欢"一生悬命"去做事、爱人。如今历遍沧桑，终于开始相信，**只有信手拈来的幸福才有意义，那些拼命夺来的，不值钱，不稀罕。**

如果可以，我希望你拥有一个轻盈的伴侣，彼此自足，各自分享丰盛；如果你处在一段让你倍感消耗甚至枯萎的关系里，愿你有勇气、有智慧及时抽身离场。

即便无法全身而退，也别因为胆怯，而断了前路，反复回头。

离开北京的时候，我买了很多北京特产，因为我知道，这一生我都不会再回来了。

连同那些旧人旧物,被我永远埋葬在那个45平方米的"老破小"里,此生无关。

从爱上自己那天起，人生才真正开始

01

"非典"那年，我在奶奶家放长假，奶奶是云南人，烧得一手好菜，为了让我提高抵抗力，每天做鸡汤米线、金钱云腿、排骨汤……每日四顿饭，皆是大餐，换着花样喂养我。

有时实在吃不下，奶奶就像劝酒一样劝我喝汤、吃饭，我总觉得奶奶做饭辛苦，就都勉强吃完。

短短两个月，我的身体像一个充气的皮球，迅速膨胀，从一个穿小旗袍的纤细女孩，长成一个圆鼓鼓的胖丫头。

回到学校，同学们简直都不认识我了，给我起了许多外号——肥猪、墩子、八戒……

人说童言无忌,但小孩子明晃晃的嘲讽与嫌弃,让我头一次感受到世界的满满恶意。

当年流行玩"角色扮演"游戏,最常演的是《还珠格格》,我从前演"紫薇""晴儿",因为会背那些晦涩难懂的成语和古诗;自从我长胖后,只能演"容嬷嬷",饰演一些令人讨厌的反派,或者压根儿没人和我一起玩。

我幼时学舞,有功底,"六一"文艺汇演,我们班女生跳集体舞,我跟着大伙一起,每天在日头下苦练。然而,最后演出时,却被领舞的女孩禁止上台,她一脸认真地对老师说:"李梦霁太胖了,让她上台太难看了,会影响我们的集体荣誉呀!"

后来,我念大学,修读了一门课,叫《人类行为与社会环境》,才明白"青春期肥胖"对青少年而言,是非常重要的创伤事件。

但当年，无人理解我的苦闷，亲朋长辈见到我时，总会笑着说："胖点儿多好呀，不生病！身体结实！"

倘若是自己贪吃无厌，我倒也认了，可我却分明是为了让奶奶高兴，才每天都把自己吃得很撑，明明是"孝顺"，到头来却遭人白眼。

很长一段时间，我拒绝回奶奶家，与此同时，开始了"自我折磨"式的锻炼。

早在 21 世纪初，一个不到 10 岁的小童，已开始节食和虐腹。

彼时，互联网尚不发达，我找不到健康合理的减肥方法，只能自己摸索——晨跑 1 公里、跳绳 1000 次、仰卧起坐 100 次，日日风雨无阻；我很少吃饭，对美食有一种近乎厌恶的避离；冬天，零下十几度的北方，为了"显瘦"，我只穿一条校服单裤，膝关节受寒，落下病根。

我多年不吃晚饭，也不吃米饭。上大学后，依然保持每晚竞走5公里，再去舞蹈室跳一个小时的健美操。

买过减肥茶，贴过减肥贴，把自己强行装进三指宽的减肥裤里，穿一整天，晚上回宿舍，腿部血液不流通，已毫无血色。

后来上了班，有了"科学减肥"的软件，我每餐饭都要计算着卡路里吃，生怕吃超了限定的额度。某天晚餐，我妈给我剥了一根玉米，我说，我只能再吃10粒。

我太害怕再变回胖子了。

其实，在高强度的运动下，我作为"胖子"的时光，满打满算只有一年。到小学的尾声阶段，我已恢复正常体重和体型，甚至因为腿长，穿搭合宜，还略显苗条。

但往后的许多年，我在心底里，都把自己看得很轻，自认是"不好看的胖女孩"。

除了胖，我对自己的其他方面，也未见得有多满意。

我深入研究过割双眼皮手术、丰胸手术、抽脂手术，尽管因为怕疼,都没能实施,但我一直都活在深深的容貌焦虑中。

哪怕我从高中起就长开了,有人开始说我生得好看,也收到一些字句稚嫩的情书,对此,我总是保持怀疑。

我明白,那个蹲在地上,偷偷抹泪,远远望着其他小孩跳皮筋的胖女孩,会跟随我一生。

02

另一些容貌焦虑,与他人无关。

我生来鬈发,小波浪,乱蓬蓬的一丛,洗完头,一擦干,像泡面一样支棱着,毛躁、干枯,又坚硬。

小时候,我妈是厂领导,我在厂办幼儿园,理直气壮地长大。皮肤白,头发黄,又卷,老师喊我"洋娃娃"。

后来我妈工作调动,我随之转学,因为发胖,生出自卑和自我厌恶，对满头自然卷也深深嫌弃。

读初中时，学校要求女生一律齐耳短发，这对我来说无疑是一个噩耗。

我从前是长发，每天把小卷毛们"全员"向后扎个高马尾，精神焕发；但修剪过短后，扎不起来，它们"恣意妄为"，弯弯曲曲地朝四面八方扭去，满头"爆炸"。

那时每天起床，我都不确定这头"秀发"又会是怎样尴尬的局面。尤其是刘海，它们时而朝天怒卷，我低头喝汤，嘴还没碰到碗边，刘海已经浅尝了一口。

终于熬到高中，可以蓄长发了，我每个月攒钱去理发店，烫一个"离子烫"，看理发师拿180度滚烫的夹板，把"虬曲苍劲"的头发变得柔软顺滑，然后心满意足地离去。

可惜头发长得太快，即便每个月都去烫头，依然按捺不住新鲜卷发的生长，总有那么一两周，我的头发呈现出"上半截张牙舞爪、下半截岁月静好"的神奇姿态。

在短暂的青春里,我始终遗憾自己没有女神的同款"黑长直",暗自羡慕所有直发的女生,渴望成为她们,**花了许多时间与努力,只为把自己变成另一个人。**

上大学时,我的头发在年深月久的夹板拉扯、药水腐化中,已经变得脆弱易断,毫无营养。

直到我突然间剃了光头,朋友对此深感震撼,我却从未爱过、珍惜过自己的头发。

身体发肤,我不屑一顾。

03

直到快 30 岁,我才真正开始喜欢我的身体。

没有哪个关键事件的触发,这就是一个漫长的过程。

或许因为学习了更多心理学的课程、走了更多城市和村庄、登上了更高更大的舞台、书写了更多自我剖解的文字,又或是遇见了真正爱我、欣赏我的人……

如今，我依然不是符合现代审美的纤瘦女子，但我可以欣然接受自己的易胖体质，规律地一日三餐，运动是为了健康，而非苗条；不过度节食，不让自己在饥饿中入睡。

我不再讨厌自己一单一双的"大小眼"，而是把它当成高辨识度的特点，况且我常年戴近视镜，两眼的差别，倒也不甚明显。

我不再盲目崇拜美妆博主的"换头术"，爱惜每一寸皮肤，为它们做好补水、防晒，但不再化浓妆，不让皮肤受到刺激和伤害。

我仍是一头蓬松的鬈发，但我开始养发，不再把它们强行拉直；每天认真梳头，把头皮和头发一并唤醒；我也开始养生，早睡早起，头发也因此不再干枯，有了顺滑的光泽。

当我放下对外表的焦虑，开始接受、欣赏自己的身体，我从一个极度克制的、紧绷的、和世界较劲的人，慢慢成为一个更加自信、独立和自爱的人。

外貌不再是我的压力来源和心理负担,而是上天赠予我的礼物——每个人都有自己独一无二的美丽,那些你以为的缺点,换个角度来看,都是你的特点,甚至闪光点。

我花了20年,才终于爱上这具皮囊。

可惜青春那样短暂,在我最好的年纪里,每天都想成为别人。

"只恨太匆匆。"

04

身边的姐妹,有人天生丽质,"桃花"不断;有人相貌平平,掩入人群,过目即忘;还有人和我一样,曾在青春期里,被外界的否定困在原地。

她们都认为自己不够美,嫌弃自己的身高、五官、脸型、

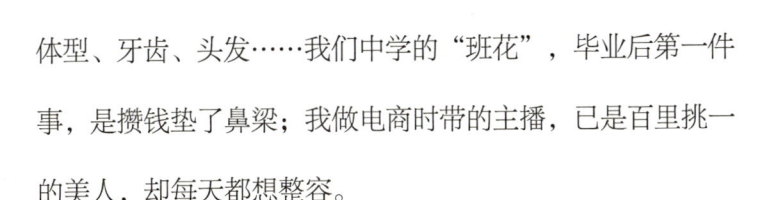

体型、牙齿、头发……我们中学的"班花",毕业后第一件事,是攒钱垫了鼻梁;我做电商时带的主播,已是百里挑一的美人,却每天都想整容。

"姐姐的时代"来临,我们都想成为"又美又飒"的大女主,营销号和广告商都堂而皇之地渲染"好女不过百",主流价值也期待女性更瘦、更拼、更白、更漂亮。

可是,通过不断改变外貌,以期得到他人的认可,只会让我们越来越焦虑、越来越不自信,也离真正的自我越来越远。

"更美"二字,没有止境。

我们都是平凡的普通人,不必苛求五官完美、身材完美,更不必将所有职场失利、情场失意都归咎于"不够漂亮"。

相比美貌为我们人生带来的加持,我更相信人格魅力与内在价值的长久性,也更相信真正自我接纳、自我欣赏,会为你带来底层的舒适与松弛,在此基础上构架起来的人生,

幸福、自在、自洽，才应该是我们一生所求。

对自己好一点，宽容一点，把身体当成最好的朋友，对身心的愉悦负责，追求一个更加健康、快乐、有意义的生活，而不单单是更符合大众审美的脸蛋和躯壳。

周国平说："你有一个健康的身体，一颗宁静的灵魂，你就是一个快乐、幸福的人。"

发自内心地欣赏自己符合年纪的正常体态，和强求自己减重到"女明星同款"，前者更难。

毕竟世间事，悦人容易，悦己难。

希望你也真心喜欢自己，这并不容易，我花了 20 年才做到，但我想告诉你：从爱上自己的那一天起，人生才真正开始。

"以爱之名"太重了

01

我们"90后"这一代年轻人,大多是独生子女,女孩的数量也不算少,即便家长怀有"重男轻女"心态,但家中只有一个孩子,自然也就承袭了全部的爱与资源。

但养育男孩和养育女孩,终归是不同的。

不知有无地域差异,在我们从小一起长大的孩子中,男生家长几乎都是采取"放养制",而父母对待女孩子,却大多是严格管教。

我们听到最多的一句话就是:"未来社会的竞争更激烈,

你要比男生更优秀。"

在追求卓越的道路上,父亲对我们严加约束,溺爱、宠爱、偏爱都显得很稀薄。

我们深知,这是一种伟大的父爱,它折断孩子惰性的翅膀,让它重新长出自律与勇气,飞向远方。

长大后,我们都成了优秀的女性。但在面对亲密关系时,因为没有受到过来自异性的宠溺与无条件接纳,我和我女性朋友们最大的共同点,都是情路不顺。

02

小J最近喜欢上了她的男同事,已婚,俩娃,

我问她,为什么喜欢他?

她说:"因为他很阳光,小时候我每天回到家,都要面对我爸的冷口冷面,我做什么我爸都不满意。上小学时,他

指责我做不出奥数题；上中学，他逼我学理科，为了将来有更大的发展；上大学，他明令禁止我谈恋爱，怕我受欺负；考研第一年，我没考上，他对我的态度冷冰冰的，怕我"自甘堕落"而放弃读研，不断给我施压。直到我"二战"上岸，我们的关系才稍微缓和了一点。我知道他想让我成才，让我有个好前程，将来不必依靠任何人，但我也希望，有一个男人能每天都对我笑。"

我听了后觉得很难过。

父亲的禁止和逼迫，从来都是为了我们好，但是他们本不必这样辛苦。

我还记得小 J 的爸爸。每一个下雨天，他都等在学校门口，接她回家；从小学到高中，学校在哪里，她爸就在哪里租房，只为让她步行走读；她妈在外地工作，平时不在家，只有周末一家人才能团聚，她求学的这 12 年，每一个工作日的三餐都是由她爸负责；文理分科时，她成绩不好，她爸无数次来学校，请求老师不要把她分到以班风差闻名的"F班"……

他希望自己的小女孩，能成为独当一面的女强人，有高学历、高教养、高自律。但我们都是普通人，有着普通人的弱点，我们都可能自私、脆弱、懒惰、拖延……父亲只能对我们再狠一点，才能让我们走得更远一点。

这是他们非常朴素的价值观，即便儿时与之对峙抗争，对其不满怨怼。但在成年后，我们都懂。

03

可惜的是，与一个男人平等相处，包容与被包容，接纳与被接纳，对我们而言，却是如此之难。

因此，小J会爱上已有家室的男人，他比她大很多，因为他总是会对她笑；她刚进体制，做错了年终总结PPT，他耐心地陪她加班，没有一句指责的话；他会在跨年夜祝她"快长高大"；也会在她生日时，买一只毛绒狗，因为他知道这是她6岁时被爸爸曾经忽略的心愿。

但他有自己的妻子和孩子，有要陪伴的人，所以他总是"失踪"；但如果因为我们聚餐，小J没有及时回复他的消息，他会怒气冲冲地质问；和老婆吵架后，他会半开玩笑地对小J说："这日子一天都过不下去了，走，小J，咱俩领证去。"他把很多工作都压给她，还嫌她做得不够好；其他同事的孩子看到小J办公桌上的毛绒狗，他会说，这是阿姨的精神支柱，你把这个狗扔掉，看看她是不是要崩溃……

他不是一个好男人，有些话出格，有些话伤人，但只要有那么一点点温暖，她就会不可救药地靠近他，带着飞蛾扑火的决绝。

她从未对他表明过心迹，但她说，她这辈子不会结婚了。

明知是支离破碎的玻璃堆，却还在里面苦苦找糖，因为

甜，太陌生。但疼痛，我们都比较熟悉。

我们就像一枝营养匮乏的花，只要有一点点雨露，就恨不能把自己全情交付。

体面的工作，出众的外表，优质的学历，得体的教养，这些我们前半生奋力奔跑、拼命追求的，都不通向爱。

爱一个人，是接受，是涵容，是你可以最大限度地保留自己本来的样子；但望子成龙成凤，让孩子成才、成功，是不接受甚至拒绝孩子所有的不美好，修剪孩子旁逸斜出的怪脾气，苛求孩子把每一个缺点都尽可能纠偏和改正。

然而，总是南辕北辙。

我想，没有被父亲宠爱过的女孩，最大的遗憾，是不知道什么是真正的爱。

把一点点赞美和关心当作救命稻草，因为没有被人好好疼爱过，所以会误认，错把一些廉价的讨好当作爱，错把伤害和疼痛当作爱。

又或者遇到真正爱我们的人,我们却变成了父亲的模样,无止境地苛责、要求、为难对方,从而陷入"以爱之名"的恶性循环。

认清我们内在的匮乏,然后学着去爱它,接受心底的坑坑洼洼,并努力填平——这是一场迟来的补习,但只有通过了这门课,我们才能真正完整。

我要走遍世上每一条路,经历深沉的悲伤,莫名的哀愁,无尽的喜悦,只求放手一搏,体验人生,追求灵魂中的星辰。

——毛姆

辑二

看花开，看水流，看日落

旅行如何治好了我的焦虑

01

第一次决定远行，是一个人去台湾。

那年我19岁，在上大学，《背包十年》的作者小鹏来我们学校开签售会，他说："人应该趁着年轻去流浪，只要不忘了回家的路。"

大冰写了畅销书《他们最幸福》，来我们学校做讲座，他边弹吉他，边唱《陪我到可可西里去看海》。他笔下"浪迹天涯的孩子、忽晴忽雨的江湖"，突兀地闯入我的梦，搅乱我整个青春。

于是，我迫不及待地上路了。

第一个目的地，是台湾九份山城，据说是我最爱的电影《千与千寻》里的场景原型之一。

既然去台湾，便先在厦门浪荡几日，逛鼓浪屿、曾厝垵，吃土笋冻、沙茶面，在一家名叫"晴天见"的冰激淋店里写明信片。老板娘坐在窗前静静地发呆，我心想，她可真好看。

多年以后，在书店偶遇"晴天见"老板娘写的书，书中记录了她自己对抗抑郁症的一千多天。恍然忆起那日黄昏，那时的她大约很辛苦吧。

人走得远了，总会有一些奇妙的相逢——缘深的，相伴余生；缘浅的，只此一面。

相伴余生的故事，且待后叙。

02

飞台湾当天，因证件尺寸有误，我在厦门机场耽搁许久，直到无法登机。

台湾腔的地勤小姐姐耐心向我解释：飞往台湾的航班，要提前3小时到机场办手续，起飞前45分钟，就不可以值机了。

我心急如焚，手足无措，眼泪像泉涌，无可抑止地簌簌落下，擦都擦不完。我只能一边哭一边不停地向地勤小姐姐道歉："不好意思，我也没想哭。"

我蹲在四下无人的角落，打电话给我哥，告诉他我误了飞机，入台证也有问题，九份山城里订好的酒店无法取消，今夜要露宿街头了。

我哥在电话那边笑了，他说："没多大事儿，你先找值机柜台，打印正确尺寸的入台证，再问能否改签到明天，回厦门的酒店续住一晚,九份山城的酒店你订了5天,今晚的没法取消,你就取消最后一晚的,然后发邮件,请他们把入住时间顺延。如果钱不够,我再给你转。"

我哥不是亲哥,但每次遇到难事,他总能帮我。

我依照他的方法办妥入台证,地勤小姐姐估计看我一个女孩孤身旅行,为误机哭得梨花带雨、"她"见犹怜,便免费帮我改签了翌日清晨的飞机,酒店也顺利安顿。

当我终于坐在九份"汤婆婆的汤屋"里,我感到自己更勇敢了一点,也更自信了一点。

即便在陌生的远方,我依然有朋友、有智慧、有勇气去面对一切未知;我终于走出舒适圈,向熟悉世界的边界线之外,又多探了小小的一步。

一个人就一个人,我可以,我不怕。

此行之后,我开始了一个人的走遍世界之旅。

03

后来认识的朋友，总说我冷静，遇到天大的难事，没有多余的情绪和"呆住"的时刻，总能想办法迅速解决问题。

在西北，飞机延误 7 小时，原定的火车追不上，参加的当地旅行团眼看也要出发，我只好从值机柜台购买从兰州飞往敦煌的机票，省内飞，经济舱，4000 元，堪称我坐过最贵的飞机。站在莫高窟前，我深感"世事无常"。

在泰国，坐大巴去机场，钱包被偷，所有证件、手机、为过海关准备的 5000 元现金悉数丢失，回不了国。第二天就是我本科毕业论文答辩，四面佛也救不了我。

在西藏纳木错高反、感冒，睡在密不透风的集装箱里，若不是同伴半夜喊我起床看星星，我已缺氧昏迷……

我想，没有人天生遇事冷静，不过是被生活磋磨得多了，深知情绪无用，拖延亦无用，终究要靠自己筹谋，渡过难关。

我也更加平和，坦然接受一切变故。

传闻秋日的稻城亚丁，是"上帝打翻了调色盘"，万亩杨林金黄尽染，晴空碧蓝，雪山洁白，珍珠海青翠，洛绒牛场点缀着悠闲自得的牛羊。

当我喘着最后一口气，攀上 4700 米川西高原，拖着一具"残躯"，只见冰雹霹雳、骤雨倾盆、大雾弥漫，没有"调色盘"，能见度不足 10 米，飓风、滚石、雷电，只有危险伴随着我。

我连滚带爬跑下山，早已无心看风景，能留下一条小命已是上苍垂怜。

人称稻城亚丁"此生必去"，大自然或许对稻城亚丁有无限宠爱，却不宠爱我。

在"人间净土"新疆喀纳斯湖，亦遭逢暴雨，未见"玉带般的变色湖"，只担心水怪一跃而出。

旅行，是不断颠覆你想象和计划的过程，无论攻略制定

得多么详细，依然到处充满变数，你只能欣然拥抱未知。

在路上，放下自傲，也放下自欺，粉碎旧有陈规与偏见，然后得到自由、勇敢与快乐。

突发事件撞见太多，我便不再为旅行设限，也不再为人生设限。

允许一切发生，以不变应万变。

当我一次次涉险，又巧妙避险、安然回家，回归朴素的日常，便少有惊惶的时刻，也格外珍惜一荤一素的简单平凡。

再大的麻烦，都会过去，都有解法。

生死之外，无大事。

04

我最近的一次长途旅行，是去西双版纳。

逃离身心俱疲的职场，年近而立，适龄未育。

听过太多"职场偏见",我很焦虑——不知能否找到心仪的工作,HR 会否担心我到了生孩子的岁数,就把我拒之门外。

然而,西双版纳治好了我的焦虑。

当地包车师傅说:"我们版纳人,就是爱玩——中午太阳毒,下午 3 点才上班,傍晚五六点下班,和朋友喝小酒、聚餐,夜里 10 点多,蹦傣迪,蹦完饿了,再吃一顿傣味烧烤。"

"赚得到钱吗?"我问。

"赚钱还不是为了花,赚多少才够呢?够花,就够了。"

我想了想,钱够花,足以维持基本的生活标准,好像并不需要许多。

与我同车的,是一对当地的情侣,女人四十多岁,男人五十左右,因为爱情,各自离了婚,组建新家庭。

女人说:"我们老了,孩子也都大了,现在只想过自己喜欢的日子。"

我从没见过那样恩爱、亲密的中年情侣，有说不完的话——落在指间的枯叶蝶有趣，热带雨林里一人高的芭蕉叶也有趣；女人纤弱，在野象谷里爬长阶，走不动，还要让男人背。

哪怕年老色衰，在他眼里，她仍是一朵盛放的牡丹。

半生蹉跎，得遇良人，倍加珍惜。

他们是那样开心，像十几岁的少男少女，没有彼此嗔怪、担忧、嫌恶、机关算尽。

假如年过半百，还能拥有年少的倾慕和甜蜜，才是真正的"青春永驻"。

怦然心动如往昔。

那一霎，我恍然生出一种期待——上苍定然也为我准备了一个特别的人，漂泊在人间，我们彼此找寻，相互确认，惺惺相惜，一往情深。

05

在西双版纳，我在一个非景点的小小傣寨，住了一周。

傣族重女轻男，女人是家中顶梁柱，男女婚嫁，从妻居，在女方家生活。

婚前，男方先在女方家做三年劳工，住客厅，"考核"通过后，男人们带着"嫁妆"，"嫁"进来。

婚后女人养家，男人们在家带孩子。午后的傣寨，年轻小伙子躺在吊床上，乘凉、斗鸡、聊天，好不清闲。

大家族四世同堂，年轻人不必承受买房、盖房的压力，人人信佛，小男孩都要去寺庙学校，做几年小和尚。

阡陌交通，鸡犬相闻，我的焦虑不治而愈。

人活一世，最重要的是开心、幸福、自在，怎么活都是一辈子，未见得非要出人头地，也不必与他人攀比。

三餐四季，一屋避雨，对于物质，我们本不必过量占有。

小日子，已是好日子。

即便"职场歧视"当真存在，我也不幸因此"无业可就"，照样可以从事一些简单的工作，满足基本温饱。

所求甚少，可放宽心。

在路上，我听过那么多奇闻佚事，结交善良有趣的旅人，见识丰盛迷人的人生，它们都让我走出坐井观天的偏狭，不执着，不攀附，不人云亦云，成为更加开阔的自己。

06

背包十年，旅行已成为我的生活习惯。

它不是"说走就走"的偶发冲动，也不只是"世界这么大，我想去看看"。于我，旅行就是生活本身。

直到如今，我每个月仍会去一座不同的城市短途旅行，逃离周而复始的日常，从鸡毛蒜皮的琐屑庸常里，透一口气，去远方，犒赏自己。

生活有期待，也有节奏感。

我也真正理解了，"旅行的目的不是出发，而是回家。"

舟车劳顿、异乡漂泊、风尘仆仆，回到一灯如豆的小窝，回到节奏紧凑的职场，回到嘘寒问暖的亲友身边，仿佛下凡，重回热气腾腾的人间，是一种久违的幸福感。

旅行的人不止热爱远方，也偏爱故土。

渴望上路的人，不该犹豫。

那条少有人走的路，或许更适合自己

01

我鲜少谈及自己的高考，因为不如人意。

只差一分，与全国排名前十的目标院校失之交臂，坠落到一所普通学校。如今虽然已经过去了十年，午夜梦回，仍觉遗憾。

我小时候就不爱学习，凭一点小聪明，勉强也算好学生。

初中开始学物理、化学，我深知自己在这方面毫无天赋，感觉苦不堪言。所幸高二文理分科，我转去学文，经历了情感上的波动，开始"浪子回头式"地刻苦学习。

高一时，我身兼数职，同时担任年级团支书、广播站副站长、学生会社团部部长。作为高中生，可想而知，我对学业是何等懈怠，学习只是我校园生活中很小的一部分。

我要结交新朋友，跟大家一起聚会聚餐；每天早晨去广播站，给全校师生播报英语新闻；管理社团和学生工作，检查全年级各班的卫生，评选优秀班集体；组织春游，还要作为学生代表，做"国旗下的演讲"……

那些年的"蹉跎"，却也让我在回首青春时，拥有了许多明亮的回忆，而不只是埋头苦学。

02

高二以后，我突然之间"开了窍"，卸任了所有学生干部职务，安安静静地沉下心来学习。

大概是高一浪荡了一整年，玩够了、闹够了，我突然变得很沉稳,心甘情愿地坐定下来,一页一页、一行一行地弥补曾经流失的时间。

我不熬夜,晚上10点半准时睡觉,凌晨4点半起床,觉不多,六小时已足够,北方的寒冬夜很长、很深,我的闹铃曲是《映山红》,"夜半三更哟盼天明……"那时我已懂得,"叫醒我的不是闹钟,而是梦想"。

每天第一个到校,除了打水、去食堂和洗手间,我几乎不离开座位,总是在看书、做题。

老师们经常这样说起我:"李梦霁这孩子能成事,年纪轻轻就坐得住。"

其实,我记忆力天生就很好,对文字的理解力也不错,学文科,天然会比旁人轻松些,面对高考,即便不苦学,也能考出不错的成绩。

但那时,我还想要更多。

许多知识明知不考,但我太感兴趣了——语文选修课本里艰深晦涩的古诗文、政治课参考书目里的西方哲学、世界地理中图文并茂的"课外延伸"……老师说"高考不考,可以不看"的内容,我花了很多时间去阅读研究,我是真的热爱探索未知,而不只是会考试。我写了很多不符合"高考作文要求"的文章,四处投稿,四处参赛,尽管最终大多石沉大海。

我一直是年级排名第一,这为我争取了更多自由和话语权,来发展自己的兴趣爱好。

没想到的是,高强度的学习使我的身体很快出了问题——颈椎、腰椎因久坐而生理曲度消失,腰肌劳损,还有腰椎间盘突出的趋势。

自此,我在第一排的角落,平常站着听课,为了不挡后排同学的视线;教室后窗的窗台高,自习课我就趴在那里,站着写作业,再也不敢久坐。

高考每科两个多小时,我的坐骨附近打了一针封闭,才能走进高考考场。

10年后，我看到一则热搜，在湖南桑植县某中学的高考誓师大会上，一个高三女孩激情澎湃地发表宣言："没有人是生来的弱者，没有人是命定的草芥……我们可以不成功，但绝对不能后悔！"

这番热血宣言竟引发了"网暴"，有人嘲笑她"咬牙切齿的样子真难看"，有人轻蔑地质疑她还太年轻，天真地以为"奋斗就能改变命运"。

我却由此想到从前的我，也如这般意气风发、慷慨激昂，执着地坚信依靠自己的努力，可以通过高考改变命运，走出这座经济欠发达的小城市，探一探外面更大的世界。

那时，我的座右铭是鲁迅先生的一段话："**愿中国之青年都摆脱冷气，只是向上走，不必听自暴自弃者流的话。能做事的做事，能发声的发声，有一分热，发一分光，就似萤火虫一般，也可以在黑暗里发一点光，不必等候炬火。此后**

如竟没有炬火，我便是唯一的光。"

我深信，若没有炬火，我便是那唯一的光。

然而，望着那只差一分就能提档的高考成绩单，我却欲哭无泪。

那是我第一次懂得，**不是所有努力都会有结果，想要得偿所愿，往往还需要一点运气。**

03

大学报到，我不情不愿地来到广州，第一次离家千里，独自生活。

尔后，在此生活了 5 年，竟深深爱上这座城市，且把他乡当作故乡。

我无数次暗自庆幸，在最好的青春年华里，来到南方，融入"大湾区"的血液。

岭南花开不败，四季青翠，没有落叶，也没有落雪；我的广东本地同学，没见过北方人冬天脱毛衣时，噼啪作响的静电；而当地的"潮汕生腌"也着实让我大跌眼镜，对"广东人什么都吃"有了全新的认知。

没过多久，我就基本上听得懂粤语了。

学小语种的朋友说，**无法理解对方的语言，是很难走进对方心里的。**

听懂粤语之后，我感觉离这座城市的心脏更近了一点。

那是一个热气腾腾的地方，年轻人背负着各自的梦想，永远喧嚣，永远热血，创造着这个城市中一个又一个的奇迹。

广东人崇拜黄家驹、周星驰，他们都是普通家庭，甚至贫苦出身，**为了生存和梦想，不要命地去挣，像一株野草，像一头小狼，拥有无限生命力和韧性，最终熬到世间所有美好的回报，是真正的"英雄不问出处"。**

我不到 20 岁，在"深圳速度"末期，和电影《甜蜜蜜》

里从大陆去香港"淘金"的李翘一样，和电影《奇迹·笨小孩》里为给妹妹治病、拼命赚钱的易烊千玺一样，硬颈、务实、肯拼，创过业，打过很多份工，赚到了环游中国的钱，过上了"买东西不看价签"的生活，那是我激荡、淬炼、浮沉的无悔青春。

土里刨食，沙里淘金，自给自足的成就感，只有在特定的时代、特定的城市里才能拥有。

庆幸那时，我在广州。

当我在北京读书的同学，还在苦苦鏖战期末考试和研究生考试，我已经过上了经济半独立的大学生活，**相信了只要靠自己的一双手，踏实做事，够拼，够辛劳，就能活得挺拔，活得体面，就值得拥有一切。**

这种坚信在我很年轻的时候生发，成为我此生面对困厄时的底气——此后，无论是买房受骗、积蓄全无，还是婚姻受阻、净身出户，**我永远都相信自己能够爬出泥沼，凭借这**

双手，东山再起，重新过上想要的人生。

假如我当时考上心仪院校，我就永远无法亲近粤港澳文化，而我是如此喜欢那里的风土人情；广东高校开放的理念，亦使我有许多机会参与校外交换、实践、比赛，接触更广阔的世界和天地。

我终于理解了那句话，**高考的迷人之处不是如愿以偿，而是阴差阳错。**

年轻人开始学会接受命运无常，高考，往往是第一步。

04

10年过去，回首高考，虽付出十成辛苦，只结了三成果实，但我心里却越来越坦然。

"不为打翻的牛奶哭泣"，我开始学会思考"得到"，凡是得不到的，都不再重要。

我没有读过名校，没有聆听过名师的教导，但获得了另一方天地的熏陶，一种截然不同的文化碰撞，让我能活得更加包容、多元和辽阔。

我甚至建议学弟学妹，**去远方求学，体验不同的思维方式和生活方式，只有走出去，才能活得不那么狭窄和理所当然，不再坐井观天。**

我也越来越不在意得失，拥抱变化，才能活得更乐观，也更开放。

失之东隅，收之桑榆，即便抵达的终点不尽如人意，你也会得到最好的安排，那条少有人走的路、没有提前规划好的路，或许更适合自己。

你只管努力，剩下的，交给天意。

读名校未必会有更好的人生，我现在所拥有的，就是最好的人生。

允许自己做自己，接纳别人是别人

01

上大学前，表哥让我做了一次 MBTI 人格测试，以此来判断我适合学什么专业，将来适合从事哪些职业。

读本科学《人格心理学》时，老师无数次地要求我们做各种心理测评，用来探索内在自我。

第一次测试时，我 17 岁，是非常典型的 ENTJ，E 代表外向，N 代表直觉，T 代表思维，J 代表判断，我的各项测试指数都很极端，外向占比 100%，没有一点点内向的成分。ENTJ 的代表人物是撒切尔夫人和拿破仑，我生来就张扬叛逆，倒也非常精准。

后来再测，指数渐渐居中，我开始表现得不那么性格鲜明了。

直到今天，12年过去后，我再次进行了测评。一共4个维度，3项都没有明显偏差，内向或外向这一维度，竟各占了50%。

岁月或者阅历，使我变得更加复杂和立体，不再是一个可以被简单定义的人。

公司团建时，我是热热闹闹的一个人，能迅速破冰，和初次见面的人有天然的亲近感；独处时安安静静——看书，喝茶，坐禅，抄经，享受避离尘世喧哗的安宁——**内向或者外向，性格只是一种因时因地的选择，并非与生俱来的"本性难移"**。

在生活中，有人说我"完全没有作家的样子"。儿时看郭敬明的小说，他写道："真正的写作者，是在生活中离文学最远的人。"

所谓"作家的模样",大约是举手投足书卷气,出言吐语皆成诗。我没必要满足任何人的期待,也不必活在旁人的定义之下,成为自己就很好。

所以,我穿着宽松的 T 恤接受采访,却会为出版社编辑改动一个词而较真很久;短视频时代到来后,我也会学着拍 vlog(视频记录),把文字转换成更口语化和接地气的表达;书店逐渐没落,我的书却能迅速转战直播间进行销售。

我乐意成为更包容、更多元、更复杂的人,也不认为"复杂"是一种负面评价。

不单薄,不再被一眼看穿,不被迅速推断言行,是一个人社会化程度更高的表现,俗称"摆脱学生气"。

而性情单一、过分单纯,往往意味着容易被他人预测,容易被拿捏,或许还有些无趣。在高度复杂的社会语境中生存,也许会很辛苦。

02

我曾经有个上司，痴迷于研究心理学，很喜欢给我们团队里的每个人贴标签。

有个同事之前当过兵，上司认为他必是墨守成规、死板教条，不让他参与创意类的工作，因为上司眼中的部队就是"以服从为天职"；一个40岁的未婚姐姐，上司认为她一定性格孤僻、不好相处，要不然肯定早就结婚了；而我，一个作家，上司总认为我"沟通能力不足"，因为在上司看来，写作是"只需要和自我对话的事"，由于我长期写作，肯定无法与人顺畅交流。

时隔半年，尽管我创造了部门第一的利润，他还是批评我不用心工作，整天忙于副业。

他说："一个人如果对工作百分百投入，怎么可能在业余时间写出卖了几十万册的畅销书呢？"

在他眼里，我对待工作就是玩票性质，别人都在拼死拼活地干活，寸土必争，我纯粹是来"体验生活"的。

我当然不是他说的那样。

我清楚地知道自己五险一金的缴纳比例和基数，知道绩效算法规则和每一项假勤制度，焚膏继晷地深耕业务，每场培训从不缺席，对待打工挣钱这件事，我很认真对待——但我发现，他并不了解，也不相信。

我忽然间理解了一个词——"傲慢与偏见"。**总有那么一些人，傲慢已经根深蒂固，根本不愿花时间和心思真正去了解他人，仅凭想象，就给对方下了判断，而这些偏见和有色眼镜根本无法动摇，无论对方说什么、做什么。**

在其他场合，我也听过许多类似的言语。

家长经常会对孩子说："你就是想偷懒""你就是太自私""你就是没主见""三岁看大，七岁看老，你长大了能有什么出息"……

妻子时不时对丈夫说:"你每次都这样,交代的事从不记得""你永远都不考虑我的感受""你从来都站在你妈那一边""全天下的男人都一样花心"……

这些话语能把对方彻底钉在原地,不给对方任何改变、成长的余地。

我从前做编剧时,老师曾经说过:"好的剧本,要体现出人物的复杂性,不能脸谱化、绝对化,好人就是'高大全',坏人就是'假恶丑',这不符合人性;并且观众要从故事中看到人物的成长,如果一个角色,从生到死都一个样,自始至终没有成长,那就不是好故事。"

《香蜜沉沉烬如霜》里润玉与世无争,为人谦和,但城府颇深,阴鸷狠戾;《苍兰诀》里月尊杀人如麻,却有"纵身死魂灭,定不负她"的满腔深情。

《我的前半生》里,罗子君原本相信丈夫会养自己一辈子,后来却不幸遭遇背叛,从一个全然依赖男人的"嗲太太",

成长为自力更生、为孩子扛起风雨的独立女性；《甄嬛传》里的甄嬛，从一个满心爱慕皇上的小丫头，长成雷厉风行、独掌后宫的太后"钮祜禄氏"。

是人性的复杂和蜕变，让人物更加好看。

每个人都是多面的个体，每个人也都有机会成为更好的自己。

而我们，有时看不见，有时不肯相信。

03

心理学家 Knee 提出过"关系内隐理论"，即人的爱情观通常分为两种，一种是宿命型，一种是成长型。

宿命型的人相信一见钟情，毕生追求"对的人"，一旦发现不如意就立刻离场，再寻找下一个；而成长型的人，相信人一直在改变，也相信关系的动态成长，不会轻易地给对

方下结论，或是从整体否定一段关系。即便当下有诸多矛盾，还是相信可以逐一解决，经营出更好的亲密关系。

放大来看，其实不止爱情观，在其他关系中，也存在着"宿命论者"和"成长型人"。

我曾遇到一个因和我"性格不合"不愿让我转正的同事，我们其实是平级，但他比我早入职两年，对新员工转正考核有建议权。

在我的转正考评会上，他说："将来我和她要共事很久，我们互相不喜欢彼此说话做事的风格，总有龃龉，道不同不相为谋，不如再招新人，总会遇到合拍的。"

上司马上驳回了他的建议，说："工作关系不能只关注个人好恶，还是应当以工作能力为最重要的衡量依据。新人总会经历一段磨合期，只要是愿意成长、愿意适应新环境的人，都应该给予机会。"

我这位同事就是典型的"宿命论者"，不久他就离职了。

我很欣赏他性情中人的一面，也对他直言不讳深感敬佩，但我却不愿成为这样的人。

在爱情中不将就，相信命中注定、一见钟情，不合则散，这完全没问题，因为亲密关系是百里挑一，是一对一的深刻连接，但工作不是，生活也不是。

很多出现在我们身边的人和事，往往都不由我们选。如果在任何场合，都试图寻找"对的人"，那是一种偏执和任性，路只会越走越窄。而对旁人一味苛刻，伤人伤己，亦有失体面。

允许花成花、树成树，允许自己做自己，也接纳别人是别人，内心辽阔的人应当像海洋，纳百川，而不争锋。

与此同时，相信对方会改变和成长，尊重他者的生命与自由，也是一种善良和慈悲。

我居然相亲过 100 次

可惜的是，在这个人世间，真正的激情之爱是那么稀少，它不会轻易发生，因为配得上得到激情之爱的人是那么稀少，他们必须是纯粹的，美好的，是一种充满诗意的存在。而即使是那些配得上激情之爱的人，还要等待那个能对 TA 产生激情的人。这两个人相遇的概率之小，简直相当于海底捞针。这就是激情之爱大多只出现于文学艺术作品中，而很少在现实生活中发生的原因。

——李银河《煮沸人生》

我二十多岁的时候，大约相过 100 次亲。

倒不是因为我有多"恨嫁"，只是身边的亲友、上司、同事都对我的婚姻大事以为己任，从大学毕业起，身边的人就源源不断地给我介绍男友。我知大家都是好心，也不便拒绝；况且我对"体验生活"本身抱有极大热情，乐得结识新朋友。

现代人择偶，大多带有一定的功利性。相亲，是结识相似阶层异性最快、最精准的方法，如果把结婚当作人生必选项，大可不必排斥相亲。

且相亲与优秀与否无关，不是只有在"自由恋爱市场"上被遗落、被剩下的人才会相亲，二十出头的年轻人要完成的任务太多，学业压力、事业压力、车房压力……很多人忙于个人成长，无暇恋爱，最终只能来到相亲市场，这本无可非议。

从前，我对相亲这件事，堪称从善如流，欣然前往。

01

在众多相亲对象中，让我印象深刻的有如下两位。

一位是我某任上司介绍的，山东男孩，比我年长5岁，彼时已到而立之年。家境殷实，住京城四环大三居，开宝马5系，在我们兄弟单位工作，有编制，是部门业务骨干，仕途明朗，长得像黄轩，暂且代称"黄轩"。

我和"黄轩"各自的上级，都很看好我们，觉得两人都工作踏实，前途有望，是时候稳固大后方了。于是开始给我们牵线搭桥，敦促我们见面，算是完成"任务"。

初次见面的地点，我选了一家平价餐厅，环境比较吵闹，但饭菜可口，是我收藏夹里想去的餐馆。

我相亲的思路一如既往——**选一些自己本身就想去的地方，而不只是把它当成任务，为相亲而相亲。我也可以不"拘着"，展现真实、自然的生活状态，即便相亲最后失败，也

没有白白浪费一个美好的夜晚。

欢乐谷、环球影城、方特，我都是相亲时去的。有的人虽没做成恋人，却都成了朋友。

很多人相亲时都会盛装出席，我却不习惯，一眼万年的惊艳终归无法长久。如果第一次见面就把期待值调得太高，将来两个人走入婚姻，卸下浓妆，素面朝天，这样的落差感或许会引起彼此不适。

最舒适的，才最长久。

相亲不是一场考试，通过了就万事大吉。它是一场长跑，相亲成功的那一刻，枪声响起，才算真正起跑。

我是对美食颇有心得的人，一顿饭吃下来，生龙活虎，心思全放在菜上了。"黄轩"话不多，只和我交换了基本信息，听得出他工作很忙，偶尔还要值夜班。

饭后，他带我参观了他们单位，之后便再无音讯。

于是，我投入滚滚红尘，继续摸爬滚打。在我心里，此次相亲宣告结束。

不料时隔半月余,"黄轩"突然上线,约我吃饭。依然是吃饭、聊天、散步、失联。

如此往复三次,我想他大概是把我当个朋友,这样也蛮好的。

有一天,上司突然问我:"你和那个男生处得怎么样了,什么时候结婚?"

我惊得连忙起身否认:"上司,我们只是普通朋友,可不兴乱说啊!"

上司一脸疑惑:"前两天跟他们上司吃饭,小伙子也在场,说你俩相处得挺好的,正往结婚的方向发展呢!"

那晚,我失眠了,百思不得其解,一个每周交流不超过十句话的人,为什么想和我结婚呢?

直到很久以后,我才想明白,那时的他已经30岁了,见过爱情的壮烈,也尝过眼泪的破碎,走了很远的路,带着万水千山的疲惫，终于来到我面前。

他早已失去少时的生猛莽撞、不问明天，修得一世得体、理智，甚至世故，婚姻只是他人生任务清单里，排不到前列的一项，有更重要的事占据他的时间。于是，他只花一小部分心思，用来维系与我的关系，毕竟我是他上司介绍的"良配"，然后按部就班地结婚、生子、二胎，不要耽误他扶摇直上。

我想，一个好的恋人，应该更亲密，更有激情和生命力，也更温暖，更有家的感觉。

我那时只是觉得害怕，害怕自己突然闯入一段冰冷的婚姻，只是一个无足轻重的角色。

我赶忙向上司转达了婉拒之意，这段轻描淡写的关系就此潦草收尾。

他再也没有联系过我，仿佛这个他曾经想娶回家的姑娘，从未相识过。

02

另一位相亲对象是我读研时隔壁班的同学，研究生毕业后，经同学引荐认识。

他在中央部委工作，是部长的秘书，大我7岁，每周至少有4天在出差，有时甚至在国外。

尽管工作繁忙，他还是腾挪出所有闲暇时间，和我吃饭，加深交流；他平时只要有空，就会发微信与我联络。他学问渊博，又有见识，就像一位兄长，对我的工作、学业都提了许多有益的建议。

然而，我很快就觉察到了某种异样，他对我总是会提出很多要求。

我自认是一个自律、勤勉的人，并不会总是放任自己，但他仍认为我在各方面都需要精进。

首先他要求我减肥，维持一个更苗条的身材，做到"上得厅堂"；其次要我学会做饭，因为他时常出差，将来我得照顾家庭；还要我多看一些时事新闻，了解这个世界正在发生的大事，多读一些史书，掌握这个世界运行的规律；他甚至从德国给我打来视频，远程带我看一部关于政坛风云的美剧，给我讲解个中隐喻；希望我将来能放弃工作，全职带娃。

不可否认，他是一个非常优秀的男生，也很努力地想带领我变得优秀，得遇这样的"精神导师"，我的思维方式和认知格局都得到了一定程度的提升，是我之幸。

但我时常怀疑，他对我的种种要求，是否只是一场精心布置的谋划？

他要找的人，并不是我，而是我无法企及的某个高度。于是他便想方设法，把我塑造成他想象中的样子。

他愿意花很多时间与我相处，对我也不错。若是再往前一步，会是很好的结婚对象，但我感受不到他的偏爱和接纳，更多的却是算计和筹谋。

在他面前，我无法做到轻松自如，放下所有的包袱，生怕暴露一丝不完美和不体面，这样让我觉得很累。

如果遇到真正合适的人，你完全可以只做自己，哪怕有缺点，也可以被对方接受、被善待、被珍视。

TA 允许你是一个不完美的人，不用满足外界的期待也可以，你无须逞强或伪装，也不再被他人审视和评判。

你可以努力追求卓越，但这种努力是发乎本心的，绝非被逼无奈。

与我断联不久之后，他就迅速结婚了。在他的朋友圈，他展示了一套程式化的婚纱照和婚宴相片，不知为何，我总觉得新娘面目模糊。

"妻子"于他，仿佛只是一个身份，不是你，也会是别人。

03

我很感激给我介绍男朋友的长辈亲朋，也从无数次相亲局中收获良多。但我还是觉得，相亲无可避免地具有很多先天局限——过分功利、缺乏激情、算计太清、无法交心。

我的困境，绝对不是个例。

李银河曾经说过："**激情常常是无缘无故的，非理性的。如果仅仅为了功利的目的，那不是激情，只是努力去达到精心策划的目标而已**。激情往往发生在最不可思议的状态之中，昏头昏脑，没有理性可言。如果是冷静的、明智的、清醒的，那就不是激情……可惜的是，在这个人世间，真正的激情之爱是那么稀少，大多只出现于文学艺术作品中，而很少在现实生活中发生。"

我不再相亲，不是担心遇不到优秀的人，相反，我所认识的男生里，那些最优秀的，都是相亲时认识的。

只是我终于明白,相亲是一个过于理性的场合,一切以组建家庭为最终目的,是真正的"翻牌比大小"。我所渴望的,仍是纯粹、义无反顾、荡气回肠的爱情,在相亲市场里,这种爱情注定难以遇到。

尼采说过:"艺术家若要有所作为,定要像野兽一般,充满激情。"

作为一个文字创作者,我充满表达的激情、爱的激情,拥有高浓度的情绪,渴望波澜壮阔的人生,不适宜走入一段彼此淡漠、精于算计的婚姻,选择相亲,无非是"在机场等一艘船"。

缘木求鱼。

如今,我已不再将结婚当成人生的必选项了。

随缘而遇,随遇而安。对于爱情,遇上就遇上,遇不上就这样。

04

在一场访谈中，女作家汤山玲子说：**"结婚制度让'厌倦→分手'这种行为在事实层面变得很麻烦，从而达到阻止分手的目，最后打造出了共同成长的优雅老夫妇。"**

同为女作家的上野千鹤子反驳道：**"因为无法逃离而强行养成的忍耐力，是奴隶的宽容。我不认为这是好事。"**

我们以为婚姻会使爱情稳定，但婚姻只能保障财产，却无法保障爱情。

结婚，反而会使人性怠惰的一面彰显——反正都结婚了，对 TA 差点儿也无所谓，就像赵本山小品里戏谑的那句"还能离咋的"，而离婚高度复杂的程序与精神拉扯，又使多数人甘于忍耐，苟且偷安。

最终，当两人关系真正无可挽回地破裂，婚姻制度只能保障财产，一个你已深恶痛绝的人，还要分走你半副身家；

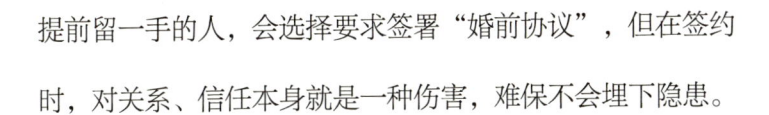

提前留一手的人，会选择要求签署"婚前协议"，但在签约时，对关系、信任本身就是一种伤害，难保不会埋下隐患。

当然，这些是悲观主义者的视角，或许遇见情投意合的人，此生亲密，永不反目。但倘若果真如此，一纸婚书签订与否，又有何区别？

相亲过 100 次，结过又离过，我终是清醒而笃定地放弃了婚姻。

在自己喜欢的时间里，按照自己喜欢的方式，去做自己喜欢做的事，对我而言这便是自由人的定义。

——村上春树

辑三

心怀热爱，尽兴生活

认清生活的真相，依然热爱生活

01

前两天，看一个脱口秀演员的微博，他说"又到了忍不住和路边植物击掌的季节"，我会心一笑。

盛夏来临，如果你走在人行道上，看见一位年近30、驻足抬头、双眼放光、突然助跑、疯狂起跳、够树叶的女子——那没准儿就是我。

我内心有一部分自我一直没有长大，又或是拒绝长大。

所以，我依然爱看动画片，爱去游乐园，无论心情怎样低落，饱餐一顿都会使我开心。

一年前，在某个无家可归的深夜，我去闺密家，整个人都处于破碎的边缘。

她问我："叫个外卖吧，想吃点儿啥？"

我拿起手机，抹一把脸，接着就津津有味地翻起外卖软件来。

她说，我还挺羡慕你，那么热爱吃饭，不管经历了什么，只要有好吃的，都能过得去。

02

我没有长大的那部分，还包括轻信。

26岁，在牛津，我写道，"人呐，年纪越大越不经骗，因为会陷入疯狂的自我怀疑——识人眼光之差，轻信旁人之愚，竟十几年如一日。相信是一种选择，所以伤害也是。是你亲手递给对方匕首，然后露出你的软肋。却赌输了。"

如今三年已经过去，我成长了吗？

没有。

人类从历史中取得的唯一教训，就是不会从历史中取得教训。

在那之后，因为轻信，我花光所有积蓄，买房买到烂尾楼；因为轻信，走进一场错误的婚姻，还被告上法庭；离婚后，赤条条离开北京，还相信前夫可以将我的私人物品寄给我。

他居然舍不得出快递费，打官司当天，在法院门口丢给我的律师两个箱子，让他坐高铁帮我送回去。

经过辗转终于拿到了箱子，拆开后，除了一些已经摔碎的小摆件和冬装，我买房的购房协议、退款协议、公司公章，他一并扣留，不给我，邮件亦不回。

若是损人利己，倒也罢了，人为财死，我能理解；但这事损人不利己，这大约是我不能理解的"人性"。

03

我离婚后,亲友们担心,讳莫如深。但坦白说,自从离婚后,我前所未有地开心。

前几天,查找硕士毕业证照片,翻相册,彼时虽在婚姻中,却仍似独身。

一个人看宫崎骏画展、一个人逛宜家、一个人看《头号玩家》、一个人去国家博物馆、一个人去西双版纳……

我面无表情地穿过人群,展美、景美,但快乐是那样短暂,痛苦却是那样漫长。

我活在"平静的绝望"里,误以为众生皆苦。

其实我们这一生,遇到困难、坎坷、厄运,都不可怕,因为所有的苦难总会过去。

**可怕的,是你就此失去憧憬和热望,在本该向前一步的时候黯然后退,在本该抗争到底的时候喑哑无言,心渐渐坚硬、冰冷、失去棱角，以为爱情不过如此。

我们本不该活成这样。

20 多岁，本应活得热烈、有趣、蓬勃，生命力旺盛。

婚姻，我替你们试过了——**选错人不可怕，但如果一直不改变，就永远疼。**

改变没那么容易，可是，**人活着，应该做正确的事，而非容易的事。**

04

我今年找到了喜欢的工作，做电商运营，同事都很年轻，节奏快，迅速反应，聚是一团火。

如果一个人可以不断跨界，不断生长，那他就没有老去。

我依然保持着每个月去不同城市旅行的习惯——三月去南京梅花节，见老师和老友，在先锋书店看书，一晃就日头偏西；四月去环球影城，这次不赶项目和表演，在美轮美奂的建筑群里流连；五月在济南，吃糖醋鲤鱼和把子肉，在大明湖划船，返程途中偶遇一条长长的隧道，停下来拍照很久；六月在广州，在老朋友家吃早茶、打麻将，惊喜地发现广州图书馆里收藏着《一生欠安》这本书，在暴雨天看了一场电影《我爱你》，为老人家的爱情深深动容……

离开北京，我来到曾经最喜欢的城市，安居乐业，现世安稳。在海河摩天轮里看海河的烟花，耳朵眼炸糕里藏着小孩脆生生的笑话，西北角的卷圈想吃要排队一个小时，解放北路的梧桐掩映老洋楼的风情万种……

李银河曾经在《煮沸人生》里写道："幸福与否不在于所有的外部标志——金钱、权力、名望，而在于内心的感受，在于做自己喜欢的事，交往自己喜欢的人，过自己喜欢过的日子。"

停止在泥潭里不断坠落，我终于抽身，那些前尘风雨都被我狠狠地甩在了身后。

如今，我和自己喜欢的一切待在一起，我感觉非常幸福。

05

今年最让我欣喜的事，是我的新书《允许一切发生》上市两个月，销量达到 15 万册，占据新书热卖榜前五名。

截至今天，仅抖音的某一个店铺，就已经销出 9 万册。

许多出版商来谈新书签约事宜，我的写作事业终于要起飞了。

各平台都有新读者与我联络，说我的文字带给她们力量和勇气，我深感荣幸。

我们有一个将近 10 年的读者群，平时很安静，但从没人退群，新书上市我会通知大家，想与我交流的读者，都可以找到我。

人与人之间，因文字而生的这种联结，我格外珍惜。

罗曼·罗兰说过："真正的英雄主义是认清生活的真相后，依然热爱生活。"

前情种种教会我，**最重要的，是相信这世间美好的一切，你都配得上。**

今天是我 29 岁生日，所幸人生风霜苦恨来得太早，出走半生，归来仍是 20+。

我很坦然，心里没有长大的那一部分，就让它永远停留在那里吧。我依然相信，甚至轻信，有一种近乎愚蠢的天真。

戒备深重的人，总归不易快乐。

我始终相信，活在当下就是不焦虑，不设限，及时行乐，充分且投入地感受生活，活出这一刻的淋漓尽兴。

人生就是不断离场又进入，不断推翻再重建，此生不怕再从头。

最后，许个生日愿望吧——希望明年，我依然是那个"忍不住和路旁植物击掌"的女子。

我为什么这么爱猫咪

01

我特别喜欢猫,我妈说我有"猫性"。我大约是在儿时起开始养猫,在性格养成期,与猫朝夕相处,它或多或少影响了我。

9岁时,我和人生中的第一只猫相遇了。

那时,我妈刚换工作,举家搬到市中心。我们租房住,在第一次打开浴室门时,里面竟有两只小猫。

房东想要把它们抱走,其中一只灰色"中华小田园",它来到我爸脚边,打个滚儿,蹭蹭裤脚,不想走。我爸心一软,就收留了它。

我上小学时,每天下午4点就放学,爸妈都是双职工,放学后,我常常一个人在家。寒暑假除了回奶奶家,白天就是"独居儿童"。

多了一只小猫,就多了一个玩伴,我给它取名叫"咪咪"。

它陪我弹琴,陪我写日记,让我不用再和自己说话,不再那么孤单。

我有一个松软的坐垫,咪咪最喜欢了。我写作业时,搬个小板凳放在身旁,把坐垫铺在凳子上,它就卧在上面打盹。它还小,睡得很沉,我走来走去也不能把它吵醒。夕阳打翻一地金黄,咪咪均匀地打着小呼噜,小胡子也被阳光镶上了金边,真是一片岁月静好。

坐垫比凳子大一圈,起初咪咪小心翼翼地卧在坐垫中央。但睡醒后马上就忘了,打个酣畅淋漓的哈欠,还要伸个尽情尽兴的懒腰,一翻身,张牙舞爪地掉在了地上。

我笑它，它好像能听得懂似的，对我流露出一副"懒得理你"的神态。但当我把坐垫铺在床上，它还是会卧回到我身边，想要紧挨着我。

爸妈对我管得严，有时会严厉地批评我。当我在小屋悄悄地抹眼泪，抱着毛茸茸的小猫时，就会觉得依然被爱着。

它有一个习惯，无论何时何地，只要叫它一声"咪咪"，它都会"啊"的一声，以示回答。有时它在睡觉，听到有人唤它，它会自己强行重启，答应一声再睡去；有时它正在洗脸，或者舔毛，听到"咪咪"的叫声，也会腾出嘴来先答应。

后来快到"小升初"考试，我渐渐忙碌起来。我妈工作也越来越忙，无暇照顾它的饮食起居。于是，我就把它送给了姥姥。

姥姥家在乡下，对它实行放养，广大农村，天高海阔。再次见面，咪咪已长成一只健硕野性的大猫，会捕鼠，会上房，我觉得它比在城市里更快乐了。

每次我回去看它，临走时它都来村口送我，姥姥说它记得我这个小主人。

它生了很多小猫，姥姥把它们都送给了邻居，从此村子里便不再闹鼠患。

9年后，咪咪变成了一只卧在院里晒太阳的老猫，牙口也不好，胃口也不好，每天只吃一个生鸡蛋，也很少走路。

有一天，它忽然失踪了，整个村子的人都找不到。姥姥说，**猫死亡之前，会主动离开家，不想让主人伤心。**

再后来，姥姥也走了，老院我便再也没有回去过。

02

我刚到北京时，住在天通苑，小区里有人贴小广告——"家里大猫产崽，猫太多，实在养不了了，求领养。"

我按图索骥，找到了猫主人，看见一窝摇摇晃晃的小花猫，在纸箱里探头探脑。

我抱走了其中一只，只有 40 天大的幼崽。那时我还没找到工作，在家写稿子，它就经常在我腿上睡觉。

它也叫"咪咪"，我养过的每一只猫都叫咪咪，就像把我的童年一直带在身边一样。

咪咪和我同吃同住。第一天晚上，我睡床，它睡椅子；第二天，它悄悄地爬上床，躺在我脚边；第三天，我醒来时，看到它在我手边；第四天，它卧在我枕头上，跟我脸贴脸。

小小的它，一点一点把信任全部交给我。

过了一段时间，咪咪突然变得有些暴躁。每晚不睡觉，而且还不停地喊，也不让我睡觉。

刚好那时我找到了工作，家离公司很远，必须要搬家。搬家后，它也就不闹了。后来看新闻才得知，我住的那套房子甲醛超标。

或许小动物的嗅觉更灵敏，它想提醒我尽快远离危险。

"北漂"的日子太苦了,我每天下了班,还要当英语老师,线上带课,周末也奔波在出差的路上,咪咪变得越来越不开心。

猫是需要陪伴的小生命,可惜那时我无法陪它,也没有能力给它创造优渥的生活条件。

我不在家的时候,咪咪把家里所有的东西都推倒,卫生纸拉扯一地,猫粮和水盆都被打翻;我与人合租,去洗手间时门没关严,它溜到客厅,邻居对它大呼小叫;我下班回家,换上连衣睡裙,它冲了过来,整个挂在我光溜溜的小腿上,像抱树一样把指甲深深地嵌入我肉里,疼得我眼泪汹涌。

在那之前,北京刚发生了"廉租房大火"事件,很多合租屋房东都要清退租户,我住的恰好正是隔断间;在公司,我提交的策划方案没有通过,加班到晚上 11 点,饥肠辘辘;我的公众号接了一条广告,被粉丝嘲讽"恰烂饭";教网课,被学员无故差评,当月奖金被全部扣除……

咪咪挂在我腿上的那一刻,望着自己血肉模糊的小腿,我想,生活真是太难太难了。

我朋友也住隔断间,被房东赶了出来,决定离开北京,回老家去了。临走时,他说:"你把猫送给我吧,北京不适合我,也不适合它。"

于是,它也回到了农村,在河南的平原上飞奔、打滚,前年还当了猫妈妈。我后来去看过它一次,它依然是骄傲、任性、自由的模样,朋友说它和我很像。

如果它可以一生任性,一生自由,那也就不枉我们相识一场。

03

我的第三只猫是一个"小流浪"。

打拼几年后,生活终于步入正轨。我进入体制内,衣食无忧，时间宽裕，一个人住小两居，和刚来北京的艰苦清贫已是天壤之别。

某天傍晚，我在公园遛弯儿，突然听到一声弱弱的呼唤。一看，竟是一只白色的布偶猫，蓝眼睛，很瘦很瘦，但很干净，可能是走失了或被遗弃。

于是，我把它带回家，打了疫苗，买来猫粮、猫条、猫罐头，配好猫爬架、猫抓板、猫玩具，想竭尽所能地爱护它，我总觉得它很可怜。

家离单位很近，下午 4 点多就下班。中午我也会回家午休，看看猫有何动向。

除了 8 小时工作以外，剩余 16 小时，我都和猫腻味在一起。

可能是曾经流浪太久，它是我见过的最粘人的一只猫。

只要我去浴室，无论是刷牙、洗脸、洗澡，它都会蹲在门口"喵呜喵呜"地喊我，我不能有一刻在它的视线之外，到后来我连浴室门都不敢关。

我有一个单人沙发,就在床旁边,晚上我坐在沙发上看电视,它就跳到我的腿上。但布偶是大型猫,它已经有 8 个月大,太沉了,我抱不动,过一会儿就要把它放在床上。

它在床上找到离我直线距离最近的位置,躺下来,还要把脑袋伸过来,搭在我的腿上。

我看它为了挨着我,脖子悬空,实在太辛苦,就专门买了一个懒人沙发,放在我沙发旁,专门供它使用,它对此很满意,再也不回猫窝。

我炖一锅排骨汤,给它吃排骨,我喝汤,它很喜欢。

有一天,我家厨房漏水,楼下老太太找上门来,看见猫猫后说:"你把它养得真好,毛色这么亮,大尾巴就像一把小伞。"

听说猫也需要户外活动,我给它买了个小背心,准备带它出门晒晒太阳遛遛弯,亲近一下大自然。结果我刚一开门,它就狂叫不止，撕心裂肺，全身满是恐惧，我从没听过那样惨烈的叫声。

我反应过来，这可能是它猫生的"童年阴影"。于是我赶紧关好门，打消了"遛猫"的念头。

和它相伴的时光，是我人生中最开心的一个阶段，本以为我会陪它终老。然而没想到的是，长毛猫的猫毛竟诱发了我的鼻炎。到后来，我每天打几百个喷嚏，流涕不止，已经无法正常生活。

大夫对我说，你真的不能再养长毛猫了。

最终，楼下的老太太接走了它。他们老两口独居，孩子在国外，我常听到老爷爷弹钢琴的声音，如今家里添了新成员，他们也觉得更开心。

我下楼去他们家吃饭，顺便也看望一下咪咪。它过得挺不错的，每次见到我时都飞奔而来，卧在我的腿上"踩奶"。它有了新的名字，叫"酸奶"。

老太太说:"我跟这猫有缘,见第一面我就喜欢它了。"

这世间所有的相遇,都躲不过一个"缘"字,缘来相聚,缘尽则散,无法强求。但我很庆幸,你们曾经走进我的生命,在我孤独的时刻,做我的家人。

04

如今,我已经在天津定居,生活节奏更慢,人居环境更好,同事的猫下了崽,问我要不要抱走一只。

尽管我依旧深爱着猫咪,却婉拒了。

同事出差、回乡、度假,我会把他的猫接到我家来,代为照顾;在街头遇见流浪猫,我都会给它们买根火腿肠;下雨的夜晚,我会让小区里无人照看的小猫进屋避雨。但我不想再成为一个长期养猫的"铲屎官"。

年龄渐长,我深知这是一个弱小的生命,抚养即意味着

责任——它全然地依赖我，它的吃喝拉撒、喜怒哀乐，全与我深切相连。倘若它在我身边，过得不开心、不舒坦，它却没有能力离开我，只能全凭我处置——责任深重，不敢擅养。

宠物是家人，也是孩子，假如没有让自己完全准备好，不该贸然尝试去抚养。

女性的经济独立意味着什么

01

我不是被富养长大的孩子,从小接受勤俭节约的美德教育,即便后来有了一些积蓄,仍保持着原初简朴的生活习惯。

比如,公共洗手间的水龙头淅淅沥沥地开着,我会马上去关掉;朋友请客吃饭,剩了一桌子菜,我会打包带走;从不买多余的东西,不囤积,按需采买,护肤品、洗发露直到用完才会再买新的;一件喜欢的夏季睡衣,就算穿破了,还要缝补一番,直到不能修复才忍痛丢弃。

我一直维持着朴素的生活习惯,不铺张浪费,也不过量占有。但这些并不妨碍我热爱赚钱。

从上大学起,我就开始努力赚钱了。

当周末室友还在睡懒觉时,我已经跋涉一个半小时,去英语辅导机构教小朋友说英语了。最初每小时50元的酬劳,后来我带的小孩成绩提升很快,每小时就涨到了85元,教一整天,680元到手。

盛夏的广州炎热且漫长,室外温度接近40度,从地铁站走到培训机构,早已汗流浃背;亚热带气候动辄暴雨狂风,雨水砸在地面,能溅起一尺多高的水花,雨伞、雨鞋根本无以抵挡,即便撑伞,在暴雨中走五分钟也会全身湿透。

尽管如此,我当了一年多的兼职老师,却从未迟到、缺席。

和我同时期兼职的小伙伴流动率很高,有的老师只来过一两次就走了,大概是觉得薪酬微薄,路途辛苦,得不偿失。

但我那时很想攒钱去旅行,渴望太甚,以至于吃点生活的苦,我也甘之如饴。

"自给自足"确实很酷，我当时 18 岁，可以自己做主，买喜欢的东西，实现"买书自由""连衣裙自由"，早期的团购美食套餐在消费能力以内，短途"穷游"也不在话下。

曾经看过白岩松的一个访谈，他说：**"经济不能独立，人格就不能独立。"**我深以为然。

经济独立，使我不必手心向上，割让一部分自尊心来换取温饱；不必受制于任何人，由他人决定"该不该做、该不该去"；也不必每逢月底就会捉襟见肘。

02

赚到第一桶金的意义，还让我相信，我有能力在这个城市立足。

之后，我又尝试了很多类型的工作。

我曾在人才市场的窗口当过柜员，给毕业生办理落户和档案挂靠手续,这是一个"来料加工"型的工作,只需熟记办理流程,核对材料清单,然后再找不同部门,盖不同的章就行。没课的时候,每周去两天,朝九晚五,每月1500元。

曾兼职做过主持人,给路虎广州分公司主持年会,给街道办主持太极拳大赛,一场晚会酬劳800元。

给出版社做过英语翻译,千字70元,10万字的书,能挣到7000元。

我也参加过学校举办的很多比赛,让我印象深刻的有一个"职业生涯规划大赛",全校各年级一共有一千多人参赛,我拿到三校区总冠军,奖金500元。尽管彼时的职业生涯规划,与如今的生活天差地别,但当初一时乍富,立即给我妈买了一件800元的高级衬衣,这之后的10年,她每次出远门都会穿着。

挣到钱后,我对自己亦很慷慨。

我所求不多,只要是想买的物品、想去的城市,我会立马满足自己的愿望，我想这就是爱自己的表现。

还是小孩的时候，被迫"延迟满足"了太久，现在成了大人，我想给自己雪中送炭。

每一个没有被富养长大的孩子，长大后都可以自己富养自己。你其实也有机会，把心底的坑坑洼洼抚平。

我小时候曾许愿，希望可以过上"买零食不必看价签"的生活，成年后，很快就实现了。

童年时没得到的布娃娃，少年时没得到的自行车，我们都可以在成年之后，奖赏给自己。尽管它来得有些迟，但我们终归过上了自己想要的生活，成为想成为的人，这已经是足够幸运的结局。

03

赚钱之后，我与我的原生家庭以最快的速度和解了。

因为深知赚钱不易，所以理解了父辈对孩子贪恋无用之物的克制；因为自己能够自力更生，所以理解了少时让我拒绝男同学贵重礼物的良苦用心。

自从我大学毕业后，就再没让爸妈请吃过一顿饭。

坦白说，**在一定程度上，经济实力意味着父母对你的放心程度——他们觉得你长大了，有能力拿主意**。我回北京、去天津，进体制又裸辞，创业、读博，都是我自作主张，没有和谁商量过，他们对我倒也很支持。

在择偶方面，我的选择区间也更加宽泛。

**我有底气选择经济条件好、有实力、有资本的优质男性，不会再为一顿大餐该由谁来买单而耿耿于怀；我也可以选择更年轻、更纯粹、社会资源不多的男孩，我可以为家庭挣面

包，另一半，予我爱情就好。

在职场，我不再需要隐忍，如果遇到碾压我自尊的甲方，我有勇气随时掀桌离席。

面对恶人纠缠，不必花费口舌和时间，我可以请最好的律师，在法庭上赢得体体面面。

其实我没有多少物质要求，一日三餐，青衫几件，不化妆，不买奢侈品，不戴首饰，我本不需要很多钱。但我希望拥有挣钱的能力，且能拥有一些钱，因为不可否认，**金钱能带给我更多选择权，带给我独立生活的踏实感、安全感，让我相信可以依靠自己的双手双脚，稳稳当当地站在人群之间，面对所有风雨，而且我的尊严，不容侵犯。**

从 6 岁起，我的人生理想就是在 30 岁时环游世界，再生两个小孩，但它不仅需要强大的经济支撑，还需要一点好运气。不知今生能否有缘实现，但我仍在努力的路上。

那就祝我们每个人都好运吧！

怎样向上管理，改变你的上司

01

我比现在更年轻一点的时候，想不明白如何才能与上司融洽相处。

初入职场，一身学生气，拿上司当老师，上司发话即是圣旨，莫敢不从。

后来上班久了，发现上司和老师有着天壤之别，师生关系本质是利他的，老师即便批评学生，总是为了学生的前程好，上司可未必是这样。

不瞒各位，我曾有过两份工作，皆因和上司关系太僵，被迫离职。现在想来，真是非常不值。

选择一个行业、一个公司，跟对人固然重要，但更重要的是这份工作，你是否热爱，它能否带给你成长，以及能否对你的市场价值持续加码。

热爱决定你钻研深度，成长决定你从业长短，而市场价值则决定了离职的最佳时机——在高点抛售，人与股票同理。

与上司关系不好，导致心情不佳，每天"上班如上坟"，最终贸然辞职，是因小失大。

这样的困境，许多年轻人都遇到过，我也不例外。

我闺密甚至因为对副总裁"会错意"，失去了部门总监的职务，在家待业大半年。

前车之鉴深重，于是我开始反思。

作为普通打工族，我们每天至少 9 小时在公司，上司变成我们"最熟悉的陌生人"，不得不靠近、交锋、互助，被更高远的"集体利益"强行绑定，这些都由不得我们选。

朋友、爱人是我们主动选择的家人，上司却仿佛一个既定的存在，你当然可以频繁跳槽，上司也可以"常换常新"，但若无对职场上下级关系的洞悉和对策，全凭运气，则很容易在同一个阴沟里翻船。

我最近的两份工作，都与上司相处和睦，他们都是能为我赋能的人，我想大约是因为我成长了，可以更成熟地处事。

个中心得，和大家分享一二。

02

当代职场人员流动率太高，许多人找工作都是骑驴找马，面试时想着"先进去，做着看"，基于这样心态找到的工作，大概率都做不长久。

即便不把每一份职业都当作终身事业来挑选，它也应该是我们个人成长道路上，为我们增值的筹码。

认真对待每一次找工作的机会，不能增值的工作，不做；换工作的成本很高，不是真正认准的公司，也不要轻易跳槽。

选公司时，对上司做好背景调查——正如我们会在应聘时，有意无意地美化自己。上司同理。

我年轻时，因为经不起忽悠，在应聘一所大公司时，上司对自己的业绩如数家珍，我对他顿时肃然起敬。

后来入职后才得知，他所谓的资源都是公司和平台所赋予的。换言之，即便不是他，任何人都可以做到那样，没有多少不可替代性。

行业圈子不大，如果提前做好背调，完全可以侧面打听他的为人和口碑，避免走弯路。

但我并没有。

我对他的情感，由"个人崇拜"到"不过如此"，关系也在不知不觉间发生转变——他布置的很多毫无价值的工作，我不做，甚至懒得解释和反驳；与此同时，我独立开发新业务，并且迅速做出了业绩。

此后，我们之间的关系变得非常微妙。

他开始时常批判我的个人行为，比如午饭吃太久、耽误工作；我看热点视频以便写软文，他痛斥我上班期间玩手机；月度计算提成，我总被莫名克扣；但凡我工作中有一点小失误，他就会小题大做，开会点名批评；还向总裁告状，说我"能力有问题"……

23岁的我，不能理解到底发生了什么，被叫去总裁办公室，问我是不是准备离职。

我说："我没打算离职，是公司要开除我吗？"

总裁听我讲完事情的原委，立刻给我调了岗，还涨了点工资，我今后的工作直接向副总汇报，代价却是我在原部门创造的利润悉数留下，从头开始。

我格外幸运，遇见了惜才的总裁，没有偏听偏信，愿意给新人充分表达的机会。

但调岗后，和前上司的矛盾昭然若揭，他在公司根深叶茂，我想推动工作步履维艰，没过几个月，我就裸辞了。

这家公司是行业头部，我深知，我在其中还有很大成长空间。离职并不明智，只是镀了表面简历的金，没得到多少真才实学，但因人际关系无奈出走，对此我感到很遗憾。

后来再找工作时，**不再听信一面之词，而会进行多方调查，综合判断上司的实力、人品、可信度。**

我非常认同，我们应该为自己真正钦佩的上司做事，心理学里有种说法"恋爱补偿效应"，是指人会不自觉地更关注喜欢自己的人。在职场也是同理，你欣赏、认可的上司，也会更关注你、认可你，欣赏总是双向的。

在互相欣赏的环境里工作，远比处在"互相瞧不上"的气场里要开心。

不过，无论我多么敬佩这个人，我都会提前预设，他一定有某些缺陷。

许多上司身居高位，只是因为工龄长、资历深，不必过于美化、神化、滤镜加身，在日后密集的接触中，你势必会对他祛魅，发觉对方有不可逾越的局限，这很正常，人无完人，降低期待也是一种成熟。

当我做好调查、设定门槛、接纳缺陷后，我遇到的上司都变得可爱了许多。

03

我最喜欢的一个上司，只比我大4岁，个子小小的，短发，是非常干练的职场女性，26岁就成为市场部总监。

我们在一所国际学校共事，从0到1做全域新媒体。

从传统出版到电商直播，我28岁转行，跨度很大，入行时，很多常识都不懂。

我的工作其中一项任务，是撰写短视频、直播脚本，我基本上无从下笔，写散文的习惯根深蒂固，无数次被打回来重写，做了许多无用功。

我于是主动找上司"开会"，向她求助。

她在这里工作7年，见证团队从40人扩张至上千人，对课程、学生、家长可以说了解透彻，我向她详细了解了产品和主播，写出的脚本很快就顺利通过。

每天晨会，我只是简单汇报一下日常工作，把重点放在"我有哪些困惑和难题"，上司帮我一一解答。我在内容领域深耕多年，有创意，而她懂行业、懂产品。我们搭班子，工作效率高，沟通有效，账号很快就有了起色。

她是一个需求非常明确的人，为人强势，认定的事不容置疑，也没有多余的情绪。

直播行业没有朝九晚五，流量决定了我们的工作时间。她让我们周末加班，但可以给到足额的加班费，或安排调休；三餐时间，她安排我们跟播，只要成交，都有提成——多劳多得，也很公平。

团队里有个年轻女孩，刚毕业，认为这个女上司不好相处，她觉得"每次强制加班，给加班费时的态度像是恩赐"，于是决定离职。

我想，**在工作关系中，上司是否与你"好相处"并不重要，只要她思路清晰，对工作有明确的规划，项目肉眼可见地在往前推进，决策失误时及时转身，利益分配公平，已经是很好的上司了。**

我的上司每天坚持晨跑10公里，在一家公司待足7年，有头脑、有定力、熬得住，是我很钦佩的人。她也很赏识我，我们共事的那段时光，全然是创业模式，每天都非常辛苦，但觉得充满了希望，直播间人数从个位数慢慢涨到了5位数，这是我们热爱且认为有意义的事业。

后来，公司迁址，我每天往返通勤要3小时，对身心都是一种巨大的消耗。尽管上司帮我申请了学校宿舍，但宿舍吵闹，无法安心写作，因此我忍痛割爱，放弃了那份工作。

直到如今，我依然从事电商行业，一如既往地把身边资源无条件地对接给她，她对我也如此。

后来我与前夫打官司，她还帮我联络当地的律师。

她是我最喜欢的一位上司，没有之一。

04

我曾有两年时间，活在与上司关系的焦虑里。

这个上司是我的伯乐，千方百计把我从另一家公司挖过来，因为我学历不够，因此费了不少周章。

我入职时，公司效益很好，福利待遇优厚，我深感现世安稳，跻身中产。

没想到疫情来临后，行业凛冬突至，全公司利润下降80%。

上司每天都会请我去办公室，大吐苦水，一聊就是一下午，中心思想大概就是"我不惜一切代价，招你进来为公司创造收益，但你带来的利益远低于公司大盘的亏损，部门岌岌可危，而我，毛将焉附"。

客观而言，公司整体亏损并非我一人所造成。相反，在我从事的业务板块，业绩还在持续、缓慢地增长。但当时的我深深背负上司带给我的焦虑，觉得是我自己不够好，所有的责任都归咎于我不努力、没能力。

我焚膏继晷地加班，到年底时连在轴转，持续一周每天加班到凌晨4点，甚至晕倒在工位上；我不敢跳槽，因为上司对我说"年近30，大龄未育，入职就会休产假，没人愿意聘用我这样的员工"……就这样日复一日地打压，使我深以为然，也把自己看得很轻。

他一声令下，我调了很多次岗，从业务到营销到行政，又做了几天新媒体，后来更是几乎包揽了部门所有的杂活，上司对我的轻蔑显而易见，个别见风使舵的同事，也对我也颐指气使。

这位上司比我大将近两轮，总是以"父辈"自居，一切都是打着"为我好""锻炼我""给我机会"的旗帜，深度参与我的生活，对我的恋情永远持否定态度，或许是担心我结婚生子后耽误工作；了解我家里所有人的职业，希望借用我家里的资源，被我婉拒后几番嘲讽、颇多微词……但年少的我深信他的谆谆教诲，奉为圭臬。

关于辞职的拉扯，来来回回持续了一年。原本我考上了国内知名的某媒体中心，他却不想放我走，说"人才还是要留下"，于是我给对方发邮件："本人自愿放弃入职，请勿向我部室发政审函。"但留下的那一年，我却没有拿到一分钱的年终奖。

我总是做噩梦，梦里我又搞砸了一切，面临着"公司吊销营业执照、员工本人终身不得从业"的严惩……

最终离职后，我倍感轻松，一场漫长的压迫终于结束，我立即拉黑了这个上司，生怕再被他抓去"谈心"。

那是我最好的青春，有精力，有梦想，有热望，但它们都在那些冗长的会议里，变得灰扑扑、湿漉漉的，潦草收尾。

失败的婚姻、错误的职业，那几年我过得黯然失色，后来有人问我："你那么有才华，为什么甘心做这些普通的工作？"

我总想起那位"父辈"上司对我温水煮青蛙式的打击，我说："**能安安稳稳、顺顺利利地从事一个普通的工作，已是一种福气。**"

如果我当时更有力量，我会在入职之初，树立起自己的边界感。

若是同道中人，可以在工作关系之外建立私交；若道不同，工作之外最好别有交集，否则你的软肋暴露在一个意欲打压你的人面前，那将是一种灾难。

人与人之间的了解，不一定会带来亲密，还可能会带来毁灭。

我应该把和他的交流，限定在工作范围之内，只做分内本职，只探讨工作议题，至于他的焦虑、情绪、职场矛盾，是他自己需要处理的事。毕竟我的薪资，不包括解决上司的情绪问题。

05

前段时间，我给现任上司发了封邮件，起因是和我搭档的一个同事，屡屡搞不定自己的工作，这位同事是公司创始人的亲戚，上司碍于情面不能批评她，，但到了交付时间必须做出项目方案，于是着急之下迁怒于我。

他情绪汹涌，我没有反驳，只是安安静静地听他批评，然后都回答"好"。

第二天，我给他发了一封邮件。

第一步，解释昨天他提及的几件事，重新汇报了工作的具体进度，让他知悉，并说明我之前已经汇报过，但对他工作繁忙，可能难免忘记，我表示理解。

第二步，我非常坦诚地告诉他，希望我们在工作中就事论事，我做错的，你批评我，我认，而且会马上改正；我没做错的，请不要让我承受不必要的情绪压力。

第三步，我谈到这份工作对于我的意义，我写道：

> 我希望这是一份长期的工作，我和你可以长期共事，也希望你了解我是一个怎样的人，可以怎样用我、管理我，来使工作效益最大化。
>
> 在当下的年龄和处境，我对工作、对人生的全部希望，就是尽可能开心——工作会使我开心，解决问题也使我开心。为了达到这个目标，我会尽可能多承担一些

职责，让我周围的同事开心，因为我让别人不爽，别人一定会让我不爽。

资本家认为，员工偷懒是天性，普遍没有内驱力，你得一直敦促他、抽鞭子，他才能行动。然而，我却不是那样的。"鞭策"不会使我进步，你不批评我，本职工作我一样会去做，会努力；你无端批评我，我反而会心生逆反，从而降低效率，导致双输。

我本身很喜欢你这个人，我也相信你会是一个很好的上司。但你可能不了解我，也不知道我遇到的困境。我告诉你，是希望我们都能找到更合宜的工作方法，都能相对开心地把工作做了、把钱赚了，这不就是工作最高的境界吗？

我在工作中没有多余的情绪，不会向我的下属发泄情绪，也不能接受上司向我发泄情绪。我没有那么"皮实"，做不到很多事情左耳进、右耳出，这也可以被称为"职场玻璃心"。虽然玻璃心，但我有自己的能力，它足以在这个职场让我站稳脚跟、给大家带来价值的能力。一言以蔽之，相信我，别骂我，我能办，就这样。

收到我的邮件后，上司开始跟我谈及目前管理的难题，我也努力想办法帮他解决，目前尚无其他不良后果。

我是怎样的人，无法接受怎样的管理，长久共事下去，他迟早会知道。

如果他接受不了我的耿直，说明大家并不合适，那么转岗或者去做其他业务线，也都宜早不宜迟。

而我因为在岗位上足够努力，曾经做出过比较亮眼的成绩，终于为自己换来了一定的话语权。

历经无数次入职、离职，我好像终于摸索出一套向上管理的方法论——了解你的上司、接受他们也有缺点、勇于求助、树立边界、真诚表达你的需求……最重要的是，在职场

中，你要成为一个真正能为他人创造价值的人。

拥有一技之长和不可替代性，才能相对舒适地立于不败之地。

要爱具体的人,不要爱抽象的人;要爱生活,不要爱生活的意义。

——**陀思妥耶夫斯基**

辑四

很多事情不需要意义

一辈子那么长,谁没爱错过

在我结婚前,曾掏心掏肺地爱过两个男孩。

然而,无一善终。

我早熟,小学时已读完《琼瑶全集》,初中时的唯一爱好,是读言情小说。

彼时,图书市场远不似如今蓬勃,市面上能买到的所有言情类杂志、图书、漫画,没有一本缺席过我的青春。

白天饱受数理化的冷眼与摧残,夜晚走进书页间,那个粉红色的梦幻世界,简直是我精神支柱般的存在。

那时的我,是一个相信童话、多愁善感、深夜垂泪的少女。

15岁,中考结束,我直升了校本部的高中,我的少女

时代,终于扑面而来。

01

高一新生报到那天,初秋的北方,阳光很好,我认识了一个男孩,他几乎改写了我的命运。

他身高一米九,爱打篮球,物理成绩很好,我们坐前后桌。

我所在的城市不大,我们恰好住同一小区,我校向来以"课业繁重"著称,每天晚自习结束已近深夜,途径空无一人的街道,我有点害怕,于是,我们就自然而然地开始一同上下学。

那时好像每天都在一起,清晨,将醒未醒,我在自行车棚等他,他总起晚,我就陪他一起迟到;为校门口繁茂的丁香驻足,看深秋的银杏给整座城镀了金,每逢五月,槐花香飘十里……结伴路过人间的那些年,是我少女时代里最动人的画面。

雪天路滑，我不敢骑车，我们走路去学校，到校时，早自习已经过去了一半。

他说，趁班主任不备，我们赶紧溜进去。

可惜他低估了自己庞然的体积。

终于等到老师背着手，踱步到教室最后，我们麻溜冲进去，全班哄堂大笑，老师一回头，六目相对。

大约年深月久，"记忆油膏反复涂抹"，回首向来，只觉美好，只觉开心。

每次考试，他总是考第一。

令我晕头转向的物理课，他却天赋异禀，连老师都讲得比较吃力的难题，他走上讲台，一根粉笔，一行公式，三言两语，就能讲明白。

文理分科前，忘了所为何事，我们吵过一架。那次之后，我就转去学文了。

我们之间的最后一句话,是他说:"有跟我争吵的时间,你不如拿去好好学习。"

我想,他果然是学霸。于是在文科班,我拼了命努力,成绩从吊车尾,一跃成为年级第一,原来的老师、同学瞬间都大跌眼镜。

成为更好的人,不为看到更大的世界,也不想被世界看见,只想得到他的认可。

后来,我们上了大学,他去日本做交换生,给我带回一个杯子;去上海旅游,送我一面小镜子;过虎年,给我买了一对硕大无比的老虎爪子手套……他送过我许多小礼物,没什么特别的理由,只是走在路边看到了,想起我,就买下——往后多年,我不愿扔,也不敢看。

我爱韩剧《My girl》,他给我发短信,写道"You are my girl"。我一向轻信,少时更是天真,以为一句话,就是一辈子。

我那时想，17岁时在身边的人，70岁仍在身边，是一件非常酷的事。

我也坚信，纵世事变迁，山长水远，等到70岁，我们定会彼此陪伴。

青春时代的感情分分合合，纠缠了许多年，从大学到毕业，我们都聪明又骄傲，许多话不愿明说，我相信我们之间有着误会。

不然，为何前一周还对我说"非你不娶"的人，下一周，就不接我电话，发信息说"有了新女友"呢？

相隔两地，望着这一行字，我心痛如绞，辗转难眠，在宿舍楼下的长椅上，泣不成声。

我从未想过，有朝一日会失去他，余生所有的人生规划都与他有关。

大厦将倾，亦看不到前路。

那个爱读言情小说、相信童话、多愁善感的小女孩，在这一夜会突然死去。

为什么有人可以如此轻易地，参与另一个人的人生，然后又轻率地、头也不回地半途离场？

庆山说："真正的情投意合，是关于忠贞的唯一承诺，是小心翼翼珍惜、保持纯度燃烧。"

不曾想，这忠贞的承诺，终归只我一人当了真。

我想我这颗心，再也不可能完整了。

凌晨4点，我倔强地回复："那就祝你幸福啦。"

挨过漫漫长夜，第二天，我在学校就出事了。

也因此，我从香港中文大学被迫退学。

后来得知，他与新女友情谊甚笃，读研读博，定居美国；而我饱受文凭之苦，求学无门，北上打工，颠沛半生。

我们连手都不曾牵过，他却改变了我整个人生。

自我留给他那句祝福后，我经历的山呼海啸，他丝毫不知情。

02

等到我 25 岁,距离我们的相识,已过去整整 10 年。10 年的时间,也该放下了。

当我准备好开始一段新的关系时,正在读在职研究生,结识了一位学长。

他长我 5 岁,彼时已过而立,是一名刑警,当过兵,双目炯炯,一身正气,抓捕罪犯不惜命,立过三等功,是我们市的"模范青年"。

他给我看他抓捕时的街头监控,嫌疑人手持一截钢管,骑摩托闯卡,他赤手空拳就扑上去,把嫌疑人按倒在地。

我问他:"疼不疼?"

后来他说,别人都称赞他"很帅",只有我问他"疼不疼"。那一瞬,他希望我会是他未来的妻子。

他每周末开车 40 公里,来我家,接送我上下学;原本要执勤，和同事换班，陪我跨年；我不会做饭，他总担心我吃不好，没课的时候，就给我做饭、送饭；我家里的熟食、零食、罐头，吃都吃不完，他说工作太忙，难得有空，只要一进超市，总惦记我吃没吃饭，得给我多囤点儿；我学不懂《行政法》，他耐心地给我讲了一遍又一遍……

我爸妈不大乐意我们在一起，因为他的职业太过危险，他说过几年，过几年就申请调岗。

生性乐观的人，总能记得旁人对自己的善待。

在他蹲守抓捕的夜晚，我因为提心吊胆而失眠，知他无法回复，便等到东方既白，任务结束，他向我报平安。

年度体检，他心脏出了点问题，我请假陪他去医院。

我们从来不是真正的情侣，但我却在很用力地爱着这一个人。

我以为，我终于得救了。

直到某天，我旧疾复发，倒在工位，同事把我背回家，给他打电话，他拒绝来探望。

在那之前，他已和我失联一周。

我放下了少女时期的高傲与自尊，苦苦追问。终于，他坦诚："前女友怀孕了，我得回家了。我们，就此了断。"

他口中的这个"前女友"，竟还与我同班。

我想，她肚子里怀着他的孩子，还要亲眼看着他与我言笑晏晏，全班皆知他日复一日地接送我，一定很难过吧……

爱情大约就是很难很难，好运也不总是站在我这一边，是我痴心妄想，才渴望徒手摘星。

爱过的人、爱错的人，我认，我不怨。

你别蹙眉，我走就是。

03

我很喜欢电影《春娇与志明》，春娇说："一辈子那么长，谁没爱过几个渣男。"

她说得那样轻盈、洒脱，让我以为就算曾经"爱过渣男"其实也没什么。

直到我更年长一点，才逐渐醒悟——爱错，最严重的"后遗症"，是你不再相信。

他们闯入你的世界，让你以为人间值得，让你相信有枝可依，然后扯下一部分的你，生生离去。

真正爱过、信过一个人，却猝不及防地被迫失去，那种感觉实在太痛了。

总有人会说，没关系，遇人不淑，换人就好。

但所托非人，击碎的，是你对爱情、对另一个人的信任。

你变得小心翼翼，变成惊弓之鸟，所有受过的伤都化为

铠甲，无论怎样靠近，都看不见你的软肋；你开始进退自如，游刃有余，因为你知道，无论谁离开，明天的太阳照常升起，你的生活总会继续；你不敢憧憬长久，生怕又一次全情投入，满盘皆输。

爱情、亲密，从来不是"爱我圆满"，而是"爱我破碎"。

但这个破碎的我，被我藏起来了，我不信另一个人，不会再赐我伤痕。

我不怕遇不到更好的人，只是在那些艰难的日子里，最好的我、单纯笃信的我，已经用完了。

注：本文是《那些悬而未决的心意，交给时间》的后续，该文收录于《允许一切发生》一书，感兴趣的读者可前往查阅，未读前文，亦不影响阅读本篇。

有多少爱可以重来

01

与他重逢时，她已经过了 30 岁，而他却依然年轻。

多年以前，他们在意大利米兰相识，他是她朋友的学弟。一天，她突然遇上小偷，听闻消息，立刻赶来救她。

也许是心理学所讲的"吊桥效应"，**人在身处险境时，通常会把生理性的心跳加速误认为是爱情。**

在那个薄寒的异国秋夜，在他说了那句"别怕，跟我走"后，她竟不可救药地爱上了他。

很多年以来，她一厢情愿地等着他回国。趁她出差，去到他的邻国，问他能不能来见面。

他说不确定，到她快回国时，他才说，他在期末考试，恐怕来不及了。

她比他年纪大，彼时已是人们口中说的"剩女"，但心却还是滚烫的。她默默地等着他，直到他有一天说，我不会再回国了。

于是，她开始相亲。美丽聪慧，家境优渥，工作体面，她如果想结婚并不难。

结婚之前，她给他打了电话，他问她为什么要和不爱的人结婚："难道是怕孤单吗？孤单的话有朋友，难道有我还不够吗？"

他只是拿她当朋友，一向都是如此，她心知肚明。

她想说却没有说出口的话是：因为我爱的人，不会和我结婚。

没想到过了几年，他突然回国了，放弃了学业，也没有上过班，一无所有。

02

他们重逢在一幢老屋，说了许多话。

阔别多年，她依然爱着他，哪怕他现在一无所有。

但她却什么也没说，什么也没做，她想，"爱是想触碰又收回的手"。

见过两面之后，他鼓起勇气向她表白，还写了一封情书，有一句话是"我害怕你接受只有 50 分的余生，请由我来为你增添 40 分吧。"

收到情书那天，她就立刻收拾好行李，拟好《离婚协议书》，带着一身孤勇，来到他所在的城市。

真可笑，他只是冲她笑了笑，她就恨不能把命都给他。

由于她赔了很多钱，因此婚离得很顺利。她是世界上顶天真、顶浪漫的人，为了爱情，甘愿奋不顾身。

她非常喜欢电影"爱在"三部曲，男女主角宿命般地在火车上相遇，永远有说不完的话，之后却不幸失联；多年后再次重逢，彼此心动依然，男主角为女主角选择离婚，放弃一切只为与她相守——像极了他们之间的故事。

她在事业上肯拼，所以很有钱，即便因离婚损失不少财产，仍小有积蓄。她对很多世俗的东西都不在意——名誉、金钱、物质，这些都无所谓，她只想被爱。

他们刚在一起时，她是那样开心，虽然过着最朴素的生活，却没有丝毫的疲惫和紧绷。

她从前坐最新款奔驰，戴卡地亚钻戒，在一线城市寸土寸金的地方，也有好几处房产，但她是那样不快乐。

如今，她骑单车上下班，他没有驾照，也不爱开车，而她没有户口买不了车。但她乐意过学生时代的日子，虽然辛苦，但蓬蓬勃勃，生龙活虎，仿佛重回人间。

她看向他的眼神里，满是星光。

是她给予的爱，为爱人镀上了金身。

那个在 KTV 里，边落泪边唱《有多少爱可以重来》的女孩，终于遇见了她最想守护的、可以重来的爱情。

她在日记里写道："能与你相恋，我为从前抱怨过的命运不公之类的每一句话，深感抱歉。"

03

为了靠近他，她离开奋斗了 10 年的一线城市，来到一座二线小城，工资减半，而且没有保险。

从前，她的年薪 30 万，换城市的第一个月，只挣到 3700 元。

他妈妈不许她住在他们家，她只能在外边自己租房住。她给他发消息，说生活艰难，他无动于衷，依旧不找工作，两人约会、旅游的花费，他心安理得地让她来买单。

因为离婚赔钱，他并不开心，她也能理解。如果不花这些钱，他们的生活本可以更宽裕一点。表白那天，他说，先把财产转移，再提离婚，可她却一刻都等不了地飞到了他的身边。

她说："我爱着你，却和另一个男人共同生活，这对所有人都不公平。"

他说："我不介意。"

过了很久，他嫌见一次面要坐很久的公交，她才得恩准入住，不必继续租房。

她感到一阵难过。前台的小妹妹月薪 3000 元，每天只想着下班去哪儿吃饭，新做的美甲又掉了一片漆。她从不需要考虑生活的压力，也不希望出人头地。她只希望在七夕节收到花，男朋友会接她去吃一顿烛光晚餐，然后看一场爆米花电影。

她想，这样普普通通的人生，或许从未属于过她。

前夫是一个没有心的人，只想找个人结婚，条件合适，年纪到了，就领了证，没多少感情，自然也就不花什么心思。

她本来以为，离婚是为了追求幸福。但新男友却是一个没有长大的大孩子，只希望过得轻松，生活的担子从来不曾落在他的肩上。

每次约会，她带着他去，定好餐厅，点好菜，付好钱；看电影，选好片，买好票，看完后听他吐槽浪费了生命中的两小时；去旅游，她订好票，做好攻略，他还要抱怨她点了太多菜，浪费钱。

在一起一年多后的某一天，她和他去吃楼下的一家烧烤时，问他："我爱吃什么？"

他说："我不知道。"

恋爱纪念日不过，生日礼物也没有，他甚至不记得第一次对她说"我爱你"，是在怎样的情境之下。

他根本不记得哪天向她表白，因为这个日子对他来说，并没有那么重要；他会在她生日前夕，发愁地抱怨"还要给你准备生日礼物，不知道该选啥，太麻烦了"；他会把他妈妈对她表示的轻蔑，原封不动地转达给她——"你这个二婚的身份，不好向我们家亲戚解释"；他不上班，她想让他陪着去出入境中心办护照，他说，我不想去；为了挣更多钱，她同时打很多份工，他在家做家务，却并不情愿，总是质问她为什么不能分摊一点……

但她还是爱他，所以一次次地告诉自己，他还小不太懂事呢，自己能和深爱这么多年的男生在一起，应该感恩。

在她眼里，他那样优秀，留学 10 年，会说 5 国语言，能看得上自己，已是幸运。

04

命运的转折,从她的一次生病开始。

她小时候曾经受过腰伤,如今每天骑行10公里,对腰部的负担很重。

为了多赚一些钱,她大龄转行,换了工作,进入全年无休的大厂,同事都是20出头、刚毕业的小年轻。她一边努力学习、适应,一边还要在外面做兼职。

而他是那样年轻,精力旺盛,也不工作,每天上午11点才起床,熬夜看比赛、打游戏,她总是陪着他。

高强度的工作,不健康的作息时间,让她的身体很快就开始吃不消了。

在又一次几乎要令人昏厥的剧痛后,同事把她送去医院,确诊了腰椎间盘突出。

她的第一反应,是给他发微信:"千万别告诉你妈妈。"

丧失了赚钱能力的离异女性,只会更加被人轻视。

躺在病床上,同事悄悄告诉她,上司担心她年纪大了,身体又出了问题,过两年说不定还要休产假,在暗中谋划想给她调岗降薪,最终"优化"。

民营企业就是一个个小型资本帝国,利益至上,这些她完全能理解。

她问他:"我要是好不了,永远卧病在床,你怎么办?"

他说:"肯定能好的。"

他第一次主动给她买了"礼物"——腰部固定器、可升降办公桌、瑜伽垫。

他说,以后你就可以站着工作了,下班以后勤加锻炼,肯定能好。

但他没说,假如你身体当真垮了,我来养家。

05

几年前的一天,她收到了闺密的一封信。

闺密大她几岁,原来是工作上的合作伙伴,陪她一起度过了许多艰难时光。但两人之间不同的是,闺密有一个非常爱自己的老公,24岁相识,相恋3年后结婚。结婚数年,两个人几乎从未吵过架。婚后,闺密不再上班,在家相夫教子,与她的交集逐渐减少,只是偶尔会和她小聚见面。

她却是晚婚,而且嫁人后,总是感觉不开心。

她一直都很羡慕闺密,有一个真正爱自己的人。于是,闺密某天给她写了一封信,那时她并不懂得其中的真意。

亲爱的,你真的是一个闪闪发光的人,你一定要从内心去认可这一点,"看见"这一点。你经历了那么多,却从始至终都没有好好地爱过自己,一直将信念寄托在男人身上，想从他们那里找到你值得被爱的理由。你觉得自己一个人会无助，想拼命抓住一个人陪你，为你遮风挡雨。哪怕风还是会来，雨还是会扑向你，但是你觉得，哪怕有个人和你在一起，你就不会感到害怕。

但是，当你把"爱你"的权力交给别人时，你却是被动的、无助的、流离的，一旦对方不再爱你，你就会失去支点，重重地跌落。你应该学会好好地爱自己，坚信自己值得被爱。别害怕单身，别担心未来，别懊悔过去，过好当下就足矣。

你或迟或早，一定会成为一个闪闪发光的人，连你自己都相信的，闪闪发光的人。

她一直在向错误的人索要爱，他们自己都不爱自己，怎么可能爱她呢？

她把自己所有的爱，都一股脑倾倒给对方，爱得汹涌真挚，却独独没有爱过她自己。

所以，在这段关系的末尾，他最终说道："我不够爱你，也不是一个负责任、有担当的男人。如果我是的话，当年就不会放弃学业回国。我对自己尚且不负责任，更何况对别人。说爱你，是我言重了，我没有考虑到你会为此而放弃什么，我只是当时想说，便随口说了。为了维系我们两个人的关系，你离婚、换城市、换行业、做副业、努力挣钱、争取落户，我却什么都没做。而我，既不想努力，也不想成为谁的依靠，更不够爱你。你若想让我改变，我可以答应，也有这种意愿，但我不敢保证能改多少。我之前就说过，我就是一个这样的人，是你太爱我，才把我变成了神。"

她霎时失语，僵在了原地。

她捧出一颗不懂计较的真心，到头来，却换得千疮百孔，一具残躯。

他从前不爱她，往后也不会爱她，唇齿相碰的所谓"誓言",不过是一时的情绪表达,又或是为己谋利的一种手段。

他只是怕孤独、怕辛苦,选择她,是因为和她在一起,生活可以变得更容易,而她却以为那是爱情。

那么多人劝她擦亮眼睛看清,她生就一颗七窍玲珑心,在职场,是最通透清醒的人,搞得定大客户,降得住上下级。然而,在面对他时,却眼瞎了。

她潸然泪下,对他说:"爱你,是我不自量力。"

06

20岁时,她宁折不弯,为人锋利,属于刚毅果敢的女子,过着大起大落的生活。

上天不公,她与天斗;恶人当道,她替天行道;命运多舛,她绝不低头。为了想要的人生,逢山开路,遇水搭桥,神挡杀神,佛挡杀佛。

35 岁时，她决定不再对抗了。

她读懂了《道德经》里"人之生也柔弱，其死也坚强。草木之生也柔脆，其死也枯槁……强大处下，柔弱处上。"

人，活着时身体柔软，死后躯体僵硬；生草柔软，枯草坚硬。

对爱情，对命运，她开始懂得低头，懂得迂回，也懂得放下身段。

不要傲慢，不要轻敌，不要急迫。

爱，既然强求不来，索性就放过自己，不必过于执着。

她幻想过 100 种生活，都与他有关。

她已经订好了攻略，攒好了钱，年底辞掉工作，明年就带他去环游世界；她想和他生一个小孩，养一只狗，若他父母不同意就不领证，也不办婚礼；只要他对她说"我爱你"，她就做好了与全世界为敌的准备。

但他的那番话，戳破了她对爱情、对所谓"90 分余生"

全部的想象。

其实，只要他一直不说，她就还能自欺欺人，错把廉价的讨好当成真爱，继续用"他只是太年轻"的借口骗过自己。

可惜，她病得如此不合时宜。

一念及此，她便无法抑制地泪流满面。

他有时会递纸巾给她，但也仅此而已。

他们之间的交流愈发稀薄，相顾无言，只有大段大段的沉默。

家，就像一场无声电影。

她仿佛再度回到孤岛，一个人看展，一个人遛弯，一个人去医院。

从他家搬走的那天，风和日丽，他去找自己的高中同学。她收好行李，把钥匙放在茶几，然后默默地离去。

像她来时一样，没有拖沓，不留痕迹。

耳机里，单曲循环着薛之谦的歌：

像风一样

你靠近云都下降

你卷起千层海浪,我躲也不躲往里闯

你不就像风一样

侵略时沙沙作响

再宣布恢复晴朗

就好像我们两个没爱过一样

……

他会有新的女朋友,新的生活圈子,会如他父母所愿,和身家清白的年轻女孩结婚生子,只是这一切都与她无关了。

无论如何,曾经相爱过,总是值得感激的。

她看周国平的书,书里有这样一句话:"人在世上是需要有一个伴的,有人在生活上疼你,终归比没有好;至于精神上的丰富和幸福,只能靠你自己,无人能夺走你内心的宝藏。确实有一些女子做了这个选择，找一个疼自己的男人结婚，精神交流虽少，但能和睦相处。这不是最好的选择，但可以算得上次好。"

再过几年，她就要 40 岁了，依然孑然一身。不知道这一生，还有没有机会，过一个哪怕"次好"的人生。但她很认同，精神上的丰富和幸福，外求不来，只能靠自己。

佛陀临终时劝诫众生：**自以为灯，自以为靠，自以为岛屿。**

生如长河，唯有自渡，没有人可以真正依靠，我们终归要学会关照自己、珍惜自己、善待自己。

该吃饭时好好吃饭，该睡觉时好好睡觉。

她很快就回到了正常的生活轨道，也依然相信卓别林先生的那句话：**人生近看是悲剧，远看都是喜剧。到最后，什么都会有。**

什么样的女性适合姐弟恋

01

近几年,"姐弟恋"逐渐成为热门的婚恋选择,我身边也有一些优秀女性,选择了比自己年纪小的男生作为伴侣,他们之间的年龄差也是越来越大。

我查阅了网络上关于"姐弟恋"的一些文章和文献,发现我们依然很难把它当成一种爱情,而是更多地把它当作一种利益交换。

一个粉丝百万级的专业心理学公众号,对于"姐弟恋"的分析,仍把原因全部归因于性需求。

我想这是不公平的。

年轻男孩没有被当成独立、独特的个体去尊重和考量，而有被物化和工具化的倾向。

更有人以具体的出生年份，代称每一个弟弟——"98的""02的"，他们变成没有姓名和血肉的模糊个体，被戏谑地"数字化"。

倘若我们把"姐弟恋"视作真正的爱情，而非一种女权凝视下的供需关系，会发现适合姐弟恋的女性，应当具备如下特征。

02

首先，女性应当真正接受性别平等，甚至理解男性的弱势，并欣然接受。

在我们几千年的文化土壤里，"男耕女织""男主外、

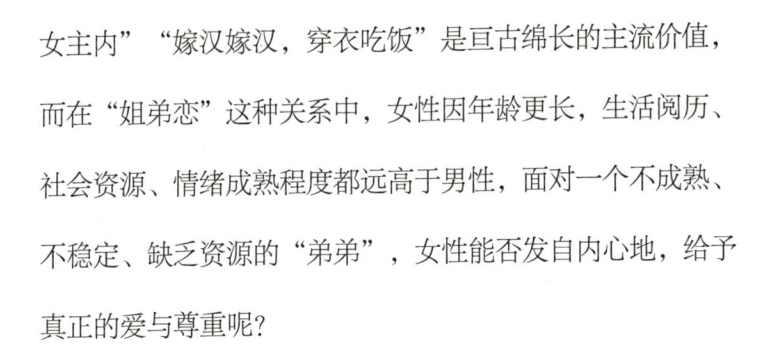

女主内""嫁汉嫁汉，穿衣吃饭"是亘古绵长的主流价值，而在"姐弟恋"这种关系中，女性因年龄更长，生活阅历、社会资源、情绪成熟程度都远高于男性，面对一个不成熟、不稳定、缺乏资源的"弟弟"，女性能否发自内心地，给予真正的爱与尊重呢？

我的某些女性朋友是无法接受的，无法接受男人赚钱比她们少，在经济上更多依赖女性。女人养家糊口，男人操持家务，依然是会被大多数亲友轻视的两性关系。

时代车轮滚滚向前，但"男人就应该请客吃饭""男人不买贵重的节日礼物就是不爱你"这些历史遗留观念，依然根深蒂固，许多被美化的男性特征——会赚钱、晋升快，依然保留着原始社会的审视。

能放下对男性经济价值要求的女性，才值得拥有一段美好的"姐弟恋"，否则大可不必做此尝试。

但与此同时，男性也应当真正地欣赏和尊重女性，接受

她们精神上更独立、思想上更成熟、事业上更成功、不受传统观念控制、花更少时间处理家庭琐事。

我认识的男生也有因为"不想努力,她可以让我过上更轻松的日子"这个原因,而和年长成功的女性谈恋爱,这是对自己的自轻,而不是爱情。

而另一些人,表面上喜欢更成熟,也更成功的"姐姐",但真正过起日子,却还是期待一个能照顾自己饮食起居的"母亲",甚至"保姆"的角色;一方面希望她们负责养家糊口,另一方面希望她们符合传统妻子的形象,要对婆家做小伏低,对女性真正的独立和思想避之不及。既要这又要那,这是贪心。

这样的男性不应该选择"姐弟恋",甚至不应该选择一个独立女性作为终身伴侣。但有些狡猾的人很善于伪装,甚至谎称自己是女权主义者,内心却从未尊重和爱过女性。

03

其次，女性应该放弃"完全被对方理解"的期待。

上野千鹤子说：**"存在年龄差距的人际关系，无论对方是什么性别，考验的都是我们的器量，单纯从经验和信息的储备来说，我们和对方的能力有天壤之别，对方无法像我们理解对方一样理解自己……年长的女性，必须放弃年轻女性常有的'请理解我'的认可欲求。"**

姐姐经过10年江湖浪打，已对职场洞若观火，弟弟则刚出校门，待人接物都还是学生气，想法难保不会过于天真。

她已走过他即将踏上的道路，对弟弟的行为，可预测，可理解，可提点一二，反之则不现实。

强行要求年纪更小、社会经验更少的男性成熟、睿智，强行把他的思维拉扯到更高层级，是不切实际的。

女性如果有此期待，也会活得很累。

再次，女性应该允许任何变数发生。

不是每一段恋情都会善始善终，"姐弟恋"分手的风险或许更大。

在"姐弟恋"的关系中，男性年纪更轻，心智也更不稳定，而女性则已定心定性。如果生孩子在自己的人生规划内，还不可避免地会有生育焦虑。

一个真正内心强大、情绪稳定、共情能力强、拿得起放得下的女性，可以在这段关系中，欣赏男生的单纯、激情、活力，才能迸发出真正的爱，也可以把"姐弟恋"谈得更轻松、更纯粹。

如果女性总是想用"我年纪大了，需要一个承诺"来绑住对方，男性总是用"我还年轻，没有实力结婚"来搪塞拖延，两人最终都会精疲力尽。

有这种想法的双方不该选择"姐弟恋"。

好的"姐弟恋"，是女性能给予对方足够的自由，成长的自由，选择的自由，享受相爱的每一刻，而不应该时时刻刻为婚姻焦虑、为生育焦虑；而男性，也能体谅女方的生物时钟、社会时钟在步步逼近，因此想要给予对方长久的承诺。

一方应该以信任之心不限制自由，另一方应该以珍惜之心不滥用自由。

04

最终，"姐弟恋"能否幸福、长久，最终衡量的依然是你面前的这个人，而非一个年龄符号。

心理学上有一种观点认为，**在亲密关系中的两个人，如果三观更一致，行为更互补，就是非常合适的一对。**

两个人三观是否一致，可以从以下 6 个维度去判断：

诚实谦逊	vs	浮夸虚假
高情绪化	vs	低神经质
外向	vs	内向
随和	vs	严肃
高尽责	vs	低尽责
乐于接受	vs	拒绝改变

两人在这 6 个方面越接近,三观也就越趋于一致。

比如,两个高情绪化的人,沟通更容易;而两个内向者,则更有可能互相理解。

但在实际生活中,往往是易燃易爆炸的人,拥有一个迟钝、淡漠、共情力差的伴侣,两人屡屡因此爆发激烈冲突;外向者带领内向者参加聚餐宴会,一方委曲求全,一方只觉扫兴。

这些皆源于两个人三观迥异,相处起来也更加辛苦。

此外,除了三观以外,两个人在处事风格方面越不同,越能互补，则越可以在生活中发挥各自的优势，一起迎接生活的挑战。

两个人的处事风格，可以从以下四个方面来衡量：

思维方式：关注细节 vs 关注大局

决策方式：关注潜在收益 vs 避免损失和犯错

做事方式：发起任务 vs 完成任务

社交方式：交新朋友 vs 保持朋友

例如，一个冒险型的丈夫和一个保守型的妻子共同生活，大概率不会因为一方过于激进而损失太多财产；一方发号施令，而另一方负责执行，则可以让家庭生活有序推进。

三观一致，行为互补，可以说是最合适的伴侣。但完美的伴侣毕竟只是少数，还有更多的人在亲密关系中需要不断磨合和成长，最终变成适合彼此的人。

决定一段爱情关系是否幸福的，只有人对不对才是最重要的，无论哪个年龄段都一样。

但我也不否认，"姐弟恋"或许会比两个同龄人的恋爱更加辛苦，因为女性需要更多智慧和引领，也更难被对方理解和支持。

但倘若当真能够遇见一片赤诚的少年之心，真心无价，也很值得。

灵魂伴侣当真存在吗

年纪渐长,见过许多爱情的模样,听过不少动人的誓言,最终却发现,真正美好的爱情,未必轰轰烈烈、海誓山盟,而是细水长流、润物细无声。

我最歆慕的伴侣,是钱钟书和杨绛。

在疾病、战火、生离死别中,他们相濡以沫长达66年。

没有惊天动地的爱情传说,只有彼此陪伴、体谅、执手一生,跨过荆棘坎坷,也走过花好月圆。

01

两人恋爱时，钱钟书获得公费留学资格，那时杨绛还尚未毕业，但考虑到钱钟书不善打理生活，她毅然放弃学业，与钱钟书结婚，同去英国。

在国外，为了节省开支，也为了腾出更多时间让钱钟书学习和写作，杨绛从十指不沾阳春水的大小姐，到心甘情愿地洗衣，做饭，煲汤，样样俱做。

她说："**我一生都是钱钟书生命中的杨绛。这个任务非常艰巨，使我感到人生实苦。但苦虽苦，也很有意思。**"

钱钟书虽然经天纬地，学富五车，在生活上却拙手笨脚，活脱脱像一个大孩子，时时处处需要杨绛照料。

杨绛从不恼，反倒爱着、护着他身上这团"痴气"。因为她深知，钱钟书的孩子气，恰恰是他才华与诗性的源头。

在牛津时，杨绛怀孕了。

杨绛住院期间，钱钟书一人在家，经常做错事，有时候打翻墨水瓶，把房东的桌布染了；有时候不小心把台灯砸了，还把门轴弄坏过，门也关不上。

若换作旁人，大概多有抱怨："我在医院生孩子，你还在家添乱！"

杨绛却一向温柔宽慰："不要紧，我会洗。""不要紧，我会修。"

钱钟书评价杨绛时，结合"妻子""情人""朋友"三个不可思议的角色于一身。

杨绛从未写过"你是人间四月天"这样惊艳的告白，但一句简单的"不要紧"，包含着无限宽容，感人至深。

02

许多女性都会抱怨家务多，干活累，大都因为丈夫不知体谅。

然而，钱钟书知杨绛辛苦，疼惜她的付出，写了一首《赠绛》。

> 卷袖围裙为口忙，朝朝洗手做羹汤。
> 忧卿烟火熏颜色，欲觅仙人辟谷方。

大意是说，夫人为饮食起居，操持不易，想寻一个仙方，不吃饭，不让烟火熏染她的容颜。

钱钟书绝不是"口头心疼"，而是尽己所能分担家务。

杨绛在《我们仨》里写道：

我入睡晚，早上还不肯醒，早饭总是拙手笨脚的钟书做。我们吃牛奶红茶，他烧开水，泡上浓香的红茶，热了牛奶，煮好老嫩合适的鸡蛋，用烤面包机烤好面包，从冰箱里拿出黄油、果酱放在桌上。我才起床，和他一起吃。

为妻子做一顿早饭不难，但钱钟书一坚持就是50多年，直到身体抱恙，做不动了，才停了下来。

20世纪70年代的北京，家家户户开始用煤气罐做饭了。一天早晨，钱钟书照例端上早饭，杨绛问："谁给你点的火呀？"

钱钟书就像个等待表扬的小孩，得意地说："我会划火柴了。"

每当杨绛忆及此事，不禁热泪盈眶："他生平第一次划火柴，为的是给我做早饭。"

日子久了，终究要回归一蔬一饭的细水长流。

这些疼惜、体谅与感恩，才能抵得过漫长的时光。

03

没有哪对夫妻不吵架，钱钟书和杨绛也不例外。

他们曾为一个法文读音大动干戈，杨绛说钱钟书带乡音，钱钟书不服。

越亲密的人，越知道彼此的软肋，各自说了许多伤感情的话。后来，邀请法国夫人公断，结果证明杨绛是对的。

钱钟书输了，自不开心，杨绛赢了，却觉无趣。

两人事后商定："以后遇事各持异议，不必求同，没有争吵和彼此伤害的必要。"

此后几十年，他们再也没有吵过架，遇事两人商量着解决，也不全依钱钟书，也不全依杨绛。

歌里唱道:"相爱总是简单,相处太难。"

年轻时,我们时不时会对最亲密的人歇斯底里,以为那些撕扯的、纠缠的、疼痛的才是爱。但真正的爱,其实就是好好说话,是能在愤怒想要发泄之时,忍住脱口而出的伤人之语。

爱是忍让,是妥协,是舍不得。

余生那么长,你放心把自己交给我,我怎么能忍心去伤害你。

04

十年动荡,知识分子杨绛和钱钟书都受到了巨大的冲击。

在那个年代,太多夫妻像影片《霸王别姬》里演的那样,大难临头各自飞。

可钱钟书和杨绛,在最艰苦的日子里,从未放开过彼此的手。

他们一同上下班,手挽手,肩并肩,不怕批斗,也从来不与对方"划清界限",宁可双双受苦、受辱,让批斗他们的人也由衷敬服。

两人被下放,为见丈夫一面,杨绛每天都要跑很远的路,到离钱钟书比较近的菜园会面,忙里偷闲地晒太阳,谈心,彼此慰藉,泅渡苦难。

默默无言地相伴与扶持,胜过千言万语。

后来,杨绛被下放到河北,两人彻底见不到面了。

女伴悄悄问杨绛:"你想不想你老头儿?"

杨绛说:"想。"

钱钟书也想她,劳作之余,他偷偷写信。杨绛的贴身衬衣、背心口袋里都塞满了他写的信。

她说,那是她收到的最好的情书。

牛棚生活、干校生活,两人吃尽了苦头。彼时,太多学者不堪重负，没能熬到光明来临的那一天。

幸好他们拥有彼此，相濡以沫，一路扶持，最终挺了过来。

团聚后，钱钟书说：**"从今后，你我二人只有死别，再无生离。"**

05

"我们一生坎坷，暮年才有可安顿的居处。但老病相催，人生道路已走到尽头。"

1994年，钱钟书肺炎入院，又查出肾功能衰竭，此后便一直住院。

1996年，钱钟书与杨绛唯一的女儿钱瑗，被确诊为肺癌晚期。

杨绛写道，"世间好物不坚牢，彩云易散琉璃脆。"

怕钱钟书担忧，她对女儿的病情守口如瓶，独自一人承受悲伤。

钱钟书不能进食，杨绛每天做各种水果泥、蔬菜泥、肉泥，还用针把鱼刺一根根挑出来，做成鱼肉泥，喂他吃。

钱钟书和女儿住在相隔甚远的两所医院，85岁的杨绛每天奔波两地，越发消瘦，越发憔悴，几乎累垮。

她说，"我只求比他多活一年。照顾人，男不如女，我尽力保养自己，争取'夫在先，妻在后'。"

然而，她还是没能留住这两个她心爱的人。

1997年，女儿离世。1998年隆冬，钱钟书离世。"我觉得我的心被捅了一下，绽出一个血泡，像一只饱含热泪的眼睛。"

痛失至亲，让杨绛肝肠寸断。

"钟书逃走了，我也想逃。但我不能逃，得留在人世，打扫现场，尽我应尽的责任。"

凭借"替钟书活着"的信念，杨绛后来独自生活了近

20年，整理丈夫遗稿，发表他没来得及公之于众的学术成果。

在钱钟书曾奋笔疾书的写字台上，杨绛坚韧地完成了丈夫全部学术遗物的整理工作，《钱钟书手稿集·中文笔记》《管锥编》等伟大巨著相继出版。

这对伉俪一世深情，相恋相守66年，走过战乱，越过疾病，经过政治风暴，跨过生离死别，始终执子之手。

真正的灵魂伴侣，不是轰轰烈烈的海誓山盟，而是岁月长河里的润物细无声，爱你的才情与稚气，骄傲与虔诚，爱你胜过爱生命。

就算时间从头再来多少次，就算青丝变作白发，沧海化了桑田。

那个初夏，我依然会对你一见钟情。

30 岁后，想要的人生清单

1. 拥有健康的体魄，有一项喜欢、擅长、可以长期坚持的运动。辅助药物和按摩、针灸，期待鼻炎能被慢慢治愈，腰椎、颈椎病不再复发；不熬夜，不失眠，每晚能睡得安稳，尽量减少心悸频率；每年复查增生结节；近视维持在 500 度以下。

2. 和喜欢的、欣赏的人一起生活，每天醒来都有所期待。平和地沟通，不吵架，尽可能互相理解和宽容，每天都有互动、聊天的时间，每晚一起吃晚餐、散步，周末一起做饭、做家务、郊游、运动、短途旅行，永远有话可说，高质量地彼此陪伴。

3. 多晒太阳，多亲近自然，经常爬山、逛公园、看海，和大自然在一起。

4. 少发脾气，少动怒，做一个安静、波澜不惊的女子，尽量少有激烈的喜怒哀乐。

5. 去埃及、美国、日本、冰岛旅行；去延吉、柳州、舟山、贵阳旅行。

6. 过一种简单、安宁、平静的日常生活，没有过多社交，远离繁华和复杂的关系网络，只和亲密的、喜欢的家人、朋友在一起。

30 岁后，想要的人生清单

7. 持续读书和写作，保持质疑、批判和思考，但接纳人格独立，精神自由，认知水平不断提升。

8. 拥有两个小孩，一个像我，一个像我爱的男生。

9. 将生活的宏大命题化繁为简，把日子变成一程一程的，认真感受每一个晨昏、每一个季节、每一年、每十年的循环往复，认真生活，吃好每一餐饭，喝好每一杯水，让每个亲近的人，在我身边的时刻都能感到愉悦和宁静。

10. 做一个真正可以帮助他人的人，作家、博主或者讲师，引领更多迷茫的青年找到人生方向。

11. 真正与童年和解，与过往和解，与原生家庭和解，放过自己，坦然接受所有的求而不得、铩羽而归和曲终人散。

12. 环游世界！

未完待续……

后记：写给未来女儿的信

01

你好呀，小姑娘。

虽然还不知道你现在在哪里，甚至连你爸在哪里都还未知，但我是如此期待你的到来。

我从 16 岁起，就一直盼望将来自己能拥有一个小女孩，陪她成长，给予她爱，甚至起好了名字——夏安，生如盛夏热烈，唯愿此生长安。

我了解母女之间那种深深的羁绊，正如我深知，我人生所有的幸福，都源于我有一个好妈妈，所有不幸也是。

这么说听起来有些大逆不道，但我生命中每一个错误的重要抉择，皆因我太想让我妈满意、放心了，最终却都屡战屡败。

女儿，我不想我们之间的关系，像我和你外婆一样，如此紧密、如此沉重。

我想我们之间的关系会更加轻盈，也更加松弛，你可以成为你自己，去你喜欢的城市，做你想做的事，爱你想爱的人，而不用总是在担心这么做"我妈开不开心"。

你可以漂到离家很远的地方，如果你愿意，北欧、北美、澳洲、南亚……天下之大，如果遇到一个你喜欢的城市，不管是为了旅行、留学、移民，都是可以的；如果你就喜欢天津，和我一样，那么一辈子生活在妈妈身边，我也欢迎。

你可以穿裙子，也可以剪寸头，如果有一天，你说只喜欢女孩子，你想独身，想丁克，我也都欣然接受。

我知道，孩子天性都是纯良的，父母的过度担心，才是

对孩子最大的阻碍。

只要你和自己喜欢的一切呆在一起,妈妈就会永远为你开心。

我只盼望,你永远能"有得选"。

02

很难想象你会是一个怎样的小孩,或许像我一样——倔犟、鲁莽、爱自由,又或许和我截然相反。

性格没有好坏之分,什么样的都可以接受,但我期待你可以做到真正的独立。

独立是为自己的人生做决定,不要被外界的声音所干扰。

男女平等是时代的进步,但到了我们这个时代,我总觉得有些矫枉过正。

我的闺密,你蓉蓉阿姨,33岁,单身,恨嫁,经常深夜 emo。

每当谈及择偶标准，她说"他必须每天开车接送我上下班"，但她自己却拖着不想学科目一，一直也没通过驾考；她希望男方在他们家乡有房，小城房价不贵，满打满算也就 30 万，但她工作了 11 年，手里却没有一点积蓄；她要求男方身材高大有腹肌，自己却管不住口腹之欲，体重连年攀升……

她对我说，"我不就想要一套老家的房吗，这很难吗？一个男人 35 岁，买不起一套 30 万的房子，人生何其失败！"

我很想反问她，既然房子不贵，你又那么渴望，为什么不考虑自己去买呢？

如果她是我的女儿，内心这样痛苦、纠结、内耗，我该有多心疼呢。

女儿，你当然可以对另一半有所要求，但我希望你在要求别人的同时，先看看自己手里有什么。

人的痛苦来自严于待人、宽以律己，"想要"从来没有错。但你要用自己的双手来挣，如果你总是被动等待别人的赠予，那就是把人生的选择权拱手相让，也把快乐的主动权交给了别人。

妈妈的生活很简单，物欲稀薄，知足常乐，没那么多想要的东西，所以人生会容易一些，也快乐一些，我不知道你会是怎样的人，但人始终要学会自洽。

你野心繁盛，就去努力拼搏，你不想辛苦付出，就主动降低期待。千万别想要一切，却指望别人替你去实现，那就很难快乐起来。

汲汲以求自己能力之外的事物，就是贪。贪嗔痴，都不好。

作家茨维格曾经说过："所有天赐的意外之喜，都在暗中标好了价格。"对这句话，我深以为然。

即便有人愿意帮你完成梦想，你也会为此付出另外一些代价。这世上最遥远的路，名叫捷径。

03

有人说，婚姻就是一场豪赌。想要上赌桌，你得先有底牌才行。

妈妈会努力成为你的一张还算过得去的底牌，但妈妈能做的非常有限。

你要拥有很多智慧，才可以过一个相对平稳的人生，此外还需要一些运气。

在遇到你父亲之前，妈妈曾经有过一段失败的婚姻，这没什么好丢脸的。但妈妈祈祷，在择偶这件事上，你可以更幸运一点。

如果你没有那么好运，也像我一样，爱上了一个错误的人，因为他，就以为爱情不过如此、以为人生尽是苦难时——你也别怕，回家。

你外婆从没跟我说过这句话，我心里怨恨过她，所以我明白。

没有人能永远保持完美、正确，我一生都在不断犯错，从这些错误中，我得到的唯一教训，就是别害怕犯错。

勇敢的人未必快乐，但怯懦的人一定不会快乐。

当你想往前探一步的时候，只管去做。附身跃下万丈深渊，也有可能是鹏程万里。

爱过的人、做过的梦，努力去追，哪怕追不上，你也不会感到遗憾。但如果你选择退缩，那才是真正的遗憾。

假如你选错了，家里会永远为你点亮一盏灯，温一碗粥。你要始终记得，家永远是你的底气和退路，妈妈永远站在你这一边。

如果被不公平地对待，要发声，要还击，忍负不会让坏人止步。

没人能以爱之名轻视你、控制你、伤害你，如果有人带给你这样的感受，记住，这不是爱，要尽快远离。

好的爱人会让你觉得自己很珍贵。

如果没有这样的人，别怕孤独，别怕老之将至，你老了肯定也会很可爱。

妈妈会努力锻炼身体，争取多陪你几年。

最终你要搞定的，是和生活的关系、和自己的关系，以及照顾好自己人生的能力，不论有没有另一半，这都是你要做的功课。

04

见证过爱情的陷落，我却从未对爱失去信心。

我期待你的到来，所以会努力为你找到一个合格的父亲。

他一定要善良、忠诚、坚定，善良才会不伤害，忠诚才能有担当，坚定则大概率可成事。

我小时候没说过"以后要嫁给像爸爸一样的男人"，希望你可以。

希望你的爸爸真正爱你、懂你、尊重你，把你视为独立于我们的生命个体，尊重你作为女性的价值，是你前进时的榜样，也是你转身时的退路。

希望你永远有肩膀可以依靠和哭泣。

最后，妈妈想对你说，你一定要爱自己。

如果你不知道该怎么做，请你像此刻的我一样，假装自己有个女儿，想象自己会怎样对待她，你就怎样对待自己。

愿你快乐，愿你平安，纵使吾儿愚且鲁，无灾无难已是福。

妈妈

——2023 年初春，于武清

人生体验清单

人生体验清单

人生体验清单

人生体验清单

人生体验清单

人生体验清单

图书在版编目（CIP）数据

你只是来体验生命的 / 李梦霁著. -- 南京：江苏凤凰文艺出版社，2024.2
ISBN 978-7-5594-8082-8

Ⅰ.①你… Ⅱ.①李… Ⅲ.①散文集 – 中国 – 当代 Ⅳ.① I267

中国国家版本馆 CIP 数据核字 (2023) 第 215119 号

你只是来体验生命的

李梦霁 著

责任编辑	王昕宁
特约编辑	郑　磊
装帧设计	车　球
责任印制	刘　巍
特约监制	杨　琴
出版发行	江苏凤凰文艺出版社
	南京市中央路 165 号，邮编：210009
网　　址	http://www.jswenyi.com
印　　刷	三河市兴博印务有限公司
开　　本	880 毫米 ×1230 毫米　1/32　插页 16
印　　张	7
字　　数	175 千字
版　　次	2024 年 2 月出版
印　　次	2024 年 2 月第 1 次印刷
书　　号	ISBN 978-7-5594-8082-8
定　　价	48.00 元

江苏凤凰文艺版图书凡印刷、装订错误，可向出版社调换，联系电话 025-83280257